老人ホームの窓辺から

折々の記

Setsu Inoue

井上 節

文芸社

目　次

社会の中で

柔軟性

先日、朝日新聞のコラムに興味深い文章を見つけた。要約すると次のようなことが書かれていた。

ノルマンディー上陸作戦に参加して仲良くなった三名の兵士がいた。お互い宗派は違ったが、死んだら丁重《ていちょう》に埋葬することを約束しあった。最初にプロテスタントの兵士が死んだ。カトリックの兵士は神父に埋葬を依頼した。

神父は宗派の違いを理由に拒《こば》んだが、塀の外への埋葬は許可した。

数年後再び訪れてみると、敷地内に埋葬されていた。理由を尋ねると神父は、

「規則で異教徒を敷地内に埋葬することは許されていないが、塀を広げてはいけないとは決められていないので」

と答えた。

決まり事を守りながらも、柔軟性を持つことも必要だと思い知らされた。

（二〇〇五年八月）

教えられません

新緑の綺麗なある日のことだった。私は山深いある家を訪ねることになった。そのあたりの地形をよく知らなかったので地図が頼りであった。しかし私は不手際からその地図を忘れてしまった。その家にはなかなかたどり着けなかった。

途方に暮れる私の目に、郵便配達員の姿が飛び込んできた。私はほっとした気持ちで、「すみません。○○さんの家教えていただけませんか」と尋ねた。しかし返ってきた答えは予想もしないものであった。

「ごめんなさい。知ってはいますが、教えられないんです。個人情報保護法というのがあって……」

やむなく私は、何軒かの家に飛び込み尋ねた。どの家も人情味あふれる応対をしてくれた。そのお陰で目的の家を見つけることができた。

住み難《にく》さはだれが作っているのか、疑問に感じるとともに津久井《つくい》（神奈川県）の土地柄の温かさに安堵感を覚えた一日であった。

（二〇〇六年六月）

主体性？

ある土曜日の昼下がり、私は久しぶりに市内を歩いた。これといった目的を持たない時間の過ごし方がとても贅沢《ぜいたく》に思えた。

二時間ほど歩くうちに、なぜか無性に活字が恋しくなり図書館に行くことにした。数冊の本を拾い読みした。そのうち禁煙を勧める本が目にとまった。読み進めてみると、今回は禁煙できそうな気になった。

私は今まで禁煙は自分の意思によるものと思っていた。体や環境に悪いのは十分わかっていたが、煙草を吸いたいという自分の主体性を大事にしたいと思っていた。

ところが、主体性に基づく行為と思っていたのが、実はニコチンの奴隷になっている結果の行為だと知らされた。いわゆる「依存症」である。何事にも主体的に生きたいと思っている私にとっては許せないことであった。

今まで何回もチャレンジしながら挫折している禁煙が、今回はその日を境に四ヶ月続いている。

（二〇〇六年七月）

したたかな生き方

先日、山深い町青根にある一軒の家を訪問した。

庭先に入ると五十年ほど前この地に来た記憶がよみがえった。当時小学生だった見ず知らずの私に、その家の中年の女性は愛想よくお昼ご飯をご馳走してくれた。おかずは生卵二個であった。

食事を促す彼女の物言いも印象的であったが、それにもまして、私の食事する姿を見つめる同年代とおぼしき子どもたちの姿が今も脳裏に残っている。

「その頃生卵は大変なご馳走であったのだろう。うらやましかったに違いない」と気づいたのは中学生になってからだった。そして彼女の笑顔の裏には、もう一つの理由《わけ》が隠されていたのかもと別の視点から考えるようになったのはずっと後のことだった。

当時、岩のむきでた道をジープで連れて行ってくれた人の職業はお役人で、土木事務所に勤めていた。


（二〇〇七年五月）

若い社会人

昭和三十九年東京オリンピックが開催された時、私は高校生だった。

それから十数年後、社会人となった私は、ある時職場の同僚と東京オリンピックの話をしていた。

話の輪に加わった新入社員は、「私、そのころ五歳だったので、全然覚えていません」と言った。それまで東京オリンピックの話は社会人なら誰でも知っていると思っていた私はびっくりしてしまった。

さて、平成生まれの社会人も現れ始めた。現在三十五、六歳の社会で働く人々にとって彼らの存在はどのように映るのだろうか。

そして、平成生まれの女性が子どもをあやす姿を目にすると、思わず自身の積み重ねてきた年月を数えてしまう。

「死は前より来たらず。かねて後ろより迫れり」（徒然草）といったところであろうか。


（二〇〇七年七月）

判断材料

「直感は過《あやま》たない。過つのは判断である」これは学生時代、偶然手にした麻雀の指導書の中にあった一節である。そこに書かれていたのは麻雀ゲームで捨牌に困った時の対処の仕方についての話であるが、その後私にとっては、大変的《まと》を射た座右の銘にも似たものとなっている。

日ごろ生活していると、咄嗟《とっさ》に判断しなければいけないことに出くわし、決断に迷う時がある。そうした際には、過去に体験した類似の例が瞬時に脳裏を駆け巡り、その時々の良し悪しをヒントに答えを導き出すのだろうと私は考えている。

すなわち、直感とはいいかげんなものではなく、過去の経験の積み重ねによるもので、過去の経験を活かすことによって初めて正しい判断ができるのではないだろうか。

だが加齢とともに記憶力に翳《かげ》りが訪れると、次第に直感力も失われていってしまいそうである。

（二〇〇八年四月）

出発点

小学校三年の時、大学を出たての美しい先生が担任となった。先生はその一年前、隣の学校に赴任されたが、すぐに同僚の先生と結婚し私たちの学校に転任されてきた。

群馬県の山間で育った先生は、生徒と接する時間を大切にし、小さい頃の山での生活ぶりや、澄み切った空に広がる星の美しさなどを、瞳を輝かせながら話してくださった。海辺近くに住む私たちには、そうした話がとても新鮮だった。

あるとき何人かの生徒が授業中不正をしたことがあった。すると先生は、

「どうして人の信頼を裏切るようなことをするのですか。私はあなた方を信じているのですよ」

と目を真っ赤にして泣きながら訴えた。

私たちは黙ってうつむいているだけだったが、〈人を信じること、信頼されること〉が、生きていく上でどんなに大事かということをこの時教えられたような気がしている。そしてこの先生と出会えたことを今でもうれしく思っている。

（二〇〇八年八月）

効率の良い仕事

ここ数年、国政選挙、地方選挙を問わず、選挙開票事務の短縮に取り組む自治体が増えている。

実際、地方自治法では、「最小の経費で最大の効果を挙げるよう」、また公職選挙法では、「選挙結果を速やかに知らせるよう」求めているが、これまでは安全性重視から効率性・迅速性は二の次とされてきた。

しかし、作業時間の短縮は集中力を保てることでかえって安全性の向上につながるし、「住民サービスの向上」や「人件費の節約」にもなる。

この取り組みを行った自治体に共通することは、リハーサルの重要性とこれまでの「常識が非常識」に「非常識が常識」になるという発想の転換にあるようだ。

日ごろの仕事においても、できる方法を前向きに検討していけば、良い結果が得られそうである。

（二〇〇七年九月）

見えないもの

十二月の中旬、早朝まだ暗い内にコートの襟《えり》をたてて外に出ると、満月とおぼしき月が西の空に沈もうとしていた。そして、仕事を終えた夕方六時頃、東の空に同じようにその月があった。小学校三、四年の頃、月食を観察しようと徹夜で空を眺めたのも、はるか昔のこととなってしまった。

その当時、私はローラースケートに凝《こ》っていて、学校が終わると友達とスケート場によく通ったものだった。そんな私を見て、ある時母は、「スケート場には不良がいるかも知れないから気をつけるんですよ」と心配そうに注意した。「そんなこと言ったって、誰が不良か分からないよ。だって不良という目印はしてないでしょ」と私は答えた。見えないものを見る眼の大切さに気づいたのは、いつ頃からだろうか。

経験を積む中で、少しは身についてきたとは思うが、最近見えないものの中に輝きを見出せたら、もっと豊かな人生が送れそうな気がしている。

（二〇〇九年一月）

文化の継承

先日、新聞の文芸欄に「春は萌え　夏は緑に　紅の　まだらに見ゆる　秋の山かな」という万葉集の和歌が掲載されていた。目にしたとたん、日々自然に溶け込んで生活している姿や、作者の自然に対する畏敬の念を感じ取ることができた。

また、日ごろ見慣れている津久井の風情《ふぜい》を見事に言い表しているようにも思えた。詠み人知らずとのことであったが、悠久の年月を隔てているにもかかわらず、この万葉の歌人をとても身近に感じた。声を掛ければ振り向いてくれそうにも思えた。

考えてみれば、全て文字を持った文化のお陰であった。

私たちは文字を通して過去の人々の考えやその人となりに接することができる。そうした行為を通じて文化の継承がなされていくのだろう。

古代からの歴史の長い過程で築きあげられてきた文化を受け入れ、それを未来の社会に伝えていく。これも私たちにとって大事な役目の一つであろう。

（二〇〇九年二月）

時代の流れ

一年ほど前結婚した長男夫婦と食事をすることとなった。待合わせ場所は新宿三丁目のデパート、伊勢丹だった。年の瀬を間近に控えた新宿は人、人であふれていた。若者たちは私の脇を足早に去り、耳慣れない言語が次から次と私の耳を通過した。外国人の姿も多く、彼らは皆この街に溶け込んでいた。私の方がかえって不似合いに思え、居心地の悪さ、時代の変化を感じた。

長く外国で暮らす長女が双子を出産したとのことで、今日はそのお祝いの品を買うことも目的の一つだった。伊勢丹を訪れたのは二十年ぶり。当時十歳の長女がガールスカウトに入ることになり、制服が必要となって私が買いに来たのだった。売場には相変わらずガールスカウトの制服がおかれていた。

子どもの成長は親としての役割の終わりを示唆《しさ》する。もちろん不満はなかった。ただ時代の流れから置き去りにされていくような不安を感じた一日となった。

（二〇〇九年十二月）

原発のこと

東日本大震災後に起きた福島第一原発の事故は、考えさせられることが多かった。日本は戦後、復興に向けて立ち上がったが、その過程で経済成長を遂げるにはエネルギーの確保が急務であった。天然資源に乏しい日本はこの問題解決を原子力発電に求めた。結果として、現在日本では五四基の原子炉が総エネルギー源の約三〇パーセントを担っている。その間いくつかの事故があったが、「安全」は確保されていると信じてきた。

しかし今回、かつて原発の現場で働いたある技術者のレポートを見て、原発の実態と恐ろしさを知ることとなった（インターネットでも様々な情報が得られる）。そこには放射能の怖さを実感しているとは思えない国の姿があった。豊かで安心な社会を目指し、それを後世に伝えるべきなのに、私たちは、悪魔に魂を売り渡してまでも単に生活の便利さだけを求めていたのではないだろうか。

そんな思いでいる私の耳に、初夏を伝える鶯《うぐいす》の鳴き声が何か憂いを含んでいるように聞こえてきた。

（二〇一一年五月）

原子力利権

原子力発電を進めるにあたって東京電力や国は絶対安全と言い続けてきた。私はその言葉を信じてきた一人だが、リスクマネジメントはどこまでできていたのだろうか。

今回の震災は想定外だったかも知れない。しかし自然災害だけに目を向けていれば十分なのだろうか。テロや戦争に備える必要はないのだろうか。事故後の対応を見ていると不安が増すばかりである。

また、風力発電や太陽光発電その他メタンガスの活用など、原子力発電に替わるエネルギーの実用化は本気で検討されているのだろうか。その開発を阻害するような動きはないだろうか。経済産業省は十年程前から電力の自由化を目指し、発送電の分離を最終目標としてきたが現実には電力会社が独占的に所有している。

こうした背景に「原子力利権」、既得権を守ろうとする姿勢はないだろうか。今後のエネルギー政策は国民の命に繋がる一大事である。だからこそ、どの道を選ぶにせよ国民の合意の下に透明性を持って進めてもらいたいと願っている。


（二〇一一年六月）

謙虚であること

大地震の起きた三月十一日夜八時、私は暗闇の橋本駅にいた。もちろんＪＲは動いていなかった。駅前広場は人であふれていた。町田方面に向かうバス停を探したが、皆目見当がつかなかった。

私は暗闇の中を町田に向けて、冷たい風を浴びながら歩き続けた。信号機も消えていた。小一時間も歩くと右前方に明かりが見えた。その光は私に安らぎを与えてくれた。ストレスの解消に自然を求めることがある。確かに自然は疲れた心を癒《いや》してくれる。しかし文明の象徴ともいえる電灯の明かりを見てほっとした。文明との付き合いなしには生きていけないことを実感した。

日ごろの生活を思い返してみても、文明の恩恵があまりにも多いことを改めて知らされた。そして、私たちが接する自然には文明の手が入れられていて、本来の自然とは縁遠いものだと痛感した。十九世紀末ニーチェは、「神は死んだ」と叫んだが、謙虚さを持ち続けるためにも神にもう少し存在し続けてほしいと心底《しんそこ》から願った。

（二〇一一年四月）

偉人のイメージ

野口英世は児童文学書などで「偉人の代表」とされている。貧困と幼い頃の左手の負傷という二重の試練を乗り越えて医学の道に進み、アメリカのロックフェラー医学研究所に勤務した。そこでの業績はすばらしく、世界的な細菌学者となった。

実際二度ノーベル賞候補になっているし、ロックフェラー大学の図書館入口には彼の胸像がある。そして千円札の肖像画にあるように彼は今でも日本人にとって国民的ヒーローである。しかしアメリカでの彼の評価はまったく異なっている。黄熱病、ポリオ、狂犬病などの研究成果は当時こそ高い称賛を得たが、今日多くの結果は矛盾に満ちたものと否定されている。もちろん、立派な業績も残したとの評価はある。

ただ、借金による放蕩《ほうとう》で乱れた生活を送っていた時期もあったようだ。野口英世に対するイメージは崩れたが、彼の中に人間的な泥臭さを感じた。そこに親しみを覚えるのは私自身が歳《とし》を重ねたせいかもしれない（福岡伸一『生物と無生物のあいだ』を参考にした）。

（二〇一〇年十月）

能動的な常識

たまたまお目にかかった方から、松岡広和『イエスに出会った僧侶』という本を紹介された。僧侶になるべく大学に通っていた作者が、韓国留学中にキリスト教に入信し、やがて牧師になった経緯《いきさつ》が語られていた。

折々の作者の心情に感動したが、仏教の入門書としても大変新鮮であった。

今まで、漠然とした知識であった大乗仏教、小乗仏教について理解を深めることができたし、「法華経」や「般若心経」などの経典がお釈迦様の直接の言葉（仏説）ではないことも知ることができた。

また、輪廻《りんね》転生《てんしょう》の思想や帝釈天《たいしゃくてん》、毘沙門天《びしゃもんてん》といった神々がヒンズー教に由来すること、さらにお釈迦様は死後の世界に言及しなかったという。仏教に関する私の常識が音をたてて崩れていった。

常識の形成は受動的になりやすい。模索しながら能動的に常識を築くことも大切だと、改めて実感した。

（二〇一〇年一月）

世界の中で

相手の立場

最近、中国での反日デモの様子が新聞、テレビなどで毎日報じられている。歴史的に深いつながりを持つ隣国でのことであり、とても残念なことだ。歴史認識、靖国問題、教科書問題などが発端となっているようだが、お互い自国民の感情を理解してほしいと考えるのは当然のことと言える。

しかし、自由主義と共産主義といった制度の違う両国にあっては、文化的背景や幼い頃から受けてきた教育にも大きな違いがあるのは当然であり、それを乗り越える努力も必要になる。

なによりも、こうした際には、自国の主張を理解してもらうことよりも、まず相手の立場を理解しようと努める姿勢が、一番に求められるのではないだろうか。

（二〇〇五年五月）

経済大国？

ＯＥＣＤ（経済協力開発機構）では、毎年加盟国の「貧困率」を発表している。「貧困率」はその国民全体の中位者の所得額（等価可処分所得）を求め、その額の半分以下の人の割合によって算出される。

今年二月の公表によれば、加盟国平均一〇・四パーセント（人口比率）に対して、日本の貧困率は一五・三パーセントで、メキシコ、アメリカ、トルコ、アイルランドにつぎ、第五位であった。またその比率は年々上昇しており、ここ数年所得格差が広がっているという。

その要因の一つは、ヨーロッパ諸国は税および社会保障給付政策によって貧困率を下げているが、日本はその再分配政策がきわめて弱いことである。

二つ目はパートなど低賃金層が広汎に存在することがあげられている。

一人ひとりの豊かさは社会全体の豊かさの上に成り立っている。この先日本はどのような方向に向かっていくのだろうか。

（二〇〇五年十一月）

多様な議論を

「内外、天地とも平和が達成されますように」と願いを込めて「平成」と改元されてから十九年目の新春を迎えた。

確かに「ポスト冷戦時代」の幕開けとなったベルリンの壁の崩壊は、平成元年のことである。

しかし現実にはアメリカで起きた同時多発テロやその後のアフガニスタン侵攻、イラク戦争など不安定な時代が続いている。

また日本国内においても、憲法改正問題や新教育基本法制定といった動きに時代の変化を感じることがあるし、格差社会の拡大も不安要因のひとつである。

「愛国心」はともかくとして、「平和は与えられるものでなく、私たち自らが作り出すもの」という民主主義の原点に立って、様々な議論を進める一年にしたいものである。

（二〇〇七年一月）

何も知らない

ギリシャの哲学者ソクラテスの有名な言葉に「無知の知」がある。

賢さの根拠を尋ねられた彼は、「私は特別賢いわけではありません。ただ他の人と違っているとしたら、自分自身は何も知らないし、知っているとも思わない。自分が知らないということを知っているだけです」と答えたとのことであった。

さて、あるジャーナリストによれば、イラク戦争以降のアメリカの三大政策は、①社会保障費の削減、②個人情報の一元化、③民営化の促進で、その結果貧困層が増大しているとのこと、またメディア操作が行われたり、この格差社会を利用して国の軍事政策が巧みに進められている、とのことであった。

最近の日本をみていると、他人事《ひとごと》とは思えないし、果たして私自身、日本の現状を知っているつもりでも、本当は何も知らないのではないかと不安になってしまった。


（二〇〇八年二月）

私たちはどこへ行くのか

一九八九年のベルリンの壁の崩壊と前後して、その後の十年ばかりの間にいくつかの共産主義国家は変革を余儀なくされた。その中には共産主義体制は維持しつつも、民主化を進めるとともに市場原理の導入を進めた国もあった。

共産主義の理念である「公平な社会」の実現は、人類にとって理想の社会であることは間違いない。しかしその実現を人間の手に委《ゆだ》ねざるを得ない所に大きな問題があった。実際、過去の国家生成、衰退の歴史を振り返れば、人間の限界をいたるところに見つけることができる。

一方、国民の意思に基づき豊かな社会の形成を目指す資本主義国家も、公的資金を用いて市場経済への介入を行うなど、一部に社会主義化を模索する動きがある。

このことは、アダム・スミスの言う「見えざる手」は機能し得ないことを改めて知る結果となった。冷戦後の二つの体制それぞれにほころびが生じた今、私たちはこの先どこを目指していくべきなのだろうか。

（二〇〇八年十一月）

共生社会

資本主義社会の当然の姿であるが、物品販売業やサービス業の営業活動には広告宣伝が不可欠となっている。

実際消費者に対して様々なアプローチがなされるが、その一つとして繁華街にあふれる看板があり、夜ともなればいやおうなしにネオンサインの光が目に飛び込んでくる。日ごろそうした看板のお世話になることも多々ある。

しかしそれらのうちにはあでやかさを競うあまり環境破壊をもたらしているものも多いはずである。

そこで私は環境税の創設を提案したい。

自然環境を傷つけて利益を得る広告主は、その代償を社会に還元する義務を負う。もちろん広告に限らず全て環境に悪影響を与えた分相応の負担をする。

共生社会とはこうした考えが積み重なった社会ではないだろうか。

（二〇〇七年二月）

社会に役立つ株式投資

株式投資の盛んなアメリカでは、専門機関に運用を委ねる投資信託も人気があるという。購入者は、証券会社があらかじめ運用方針を示した商品の中から、自分の好みにあったものを選ぶのが普通の取引である。

しかし最近、今までとは異なった視点で選ぶ人が増えているとのことだ。すなわち、値上がりを第一の目的とせず、「どうせ自分のお金を投資するなら、社会に役立てたい」と、コストはかかっても環境に配慮した商品開発に努めたり、売上の一部を慈善事業に寄付している会社の株を組み込んだ商品が注目を集めているという。

こうした会社は株主のため利潤追求を主眼とする資本主義の原点からは矛盾していそうに思えるが、投資信託の購入者のみならず広く国民の支持を得て、業績も好調とのこと。人々の意識の変化が社会全体の価値観に変化をもたらし、その結果が共生社会に結びつくならとても嬉しいことである。

（二〇〇八年七月）

あっという間に

今世界は、百年に一度の経済危機といわれる程の不況の真っただ中にある。もちろん日本も例外ではない。しかし二月中旬訪れた週末の繁華街は思いのほか賑《にぎ》わっていた。とりわけ飲食店は混んでいた。私は四人のグループで店に入ったのだが、すぐには座れなかった。そんな様子からは、経済の落ち込みも格差社会の到来も感じ取れなかった。いや、ただ気づく眼を持ち合わせていなかっただけだろう。

私は、街の光景を見て、四十年ほど前に手にした本『成長の限界』の中の一節、「池の中に毎日二倍の大きさになる睡蓮があるとする。三十日でその池を覆い尽くすとしたら、池の半分を覆うのは何日目だろうか?」という譬話《たとえばなし》を思い出した。答えは二十九日目である。

過去何回かの経済危機を乗り越えてきた自信は大事だが、安易な気持ちでいるとあっという間に取り返しのつかない事態にもなりそうだ。最近の政治情勢を見ていると余計不安になってくる。

（二〇〇九年二月）

平和賞の正当性

七月上旬、新聞の片隅に、第25回「佐藤栄作賞」の受賞論文が決まった、との記事が掲載されていた。

故佐藤栄作元首相は、一九六七年沖縄返還問題に関連して、「持たず、作らず、持ち込ませず」との非核三原則を明言した。そして世界平和に貢献したとのことで、日本人で初めてノーベル平和賞を受賞した。その賞金を基に設立された財団法人の一つとして、右記の事業が行われていることを知った。

しかしその後アメリカの公文書に加え、最近日本政府元高官の「日米核密約証言」により核の存在が明らかになってきた。

状況次第では、故佐藤氏は二枚舌を使って、日本国民や世界を欺《あざむ》いていた可能性も否定できない。もしこのことが事実ならば、この財団法人の存在意義、さらにはノーベル賞委員会による「平和賞授与の正当性」をも検討すべきではないだろうか。

（二〇〇九年八月）

人類の明日

昨年来、新型インフルエンザの流行が危惧されているが、感染症との闘いは今に始まったことではない。私たちは過去にもウイルスや病原菌と様々な闘いを続けてきた。

結核が不治の病と言われたのは、つい最近の明治時代の話である。二十世紀初頭に発生したスペイン風邪では二千万人以上の死者を、また十八世紀のヨーロッパでは、天然痘《てんねんとう》により百年間に約六千万人の死亡者を出した。

おおよそ生命にとって、その種の維持・発展のためには環境への適応が求められる。その失敗は種の衰退・滅亡を招く場合もある。このことは人間とて例外ではない。

しかし人間は科学文明の発達とともに次々に抗生物質やワクチンを開発し、対象物の撲滅に主眼をおいてきた。その結果多くの成果をあげることができたが、反面本来兼ね備えているべき環境の変化に順応する能力を失いつつあるような気がしてならない。この先今まで以上に強力なウイルスなどの出現もないとは言えない。

その時人類に明日はあるだろうか。

（二〇一〇年二月）

季節の移ろいとともに

摂　理

気象庁の予想では、今年の冬は暖冬ということであった。しかし立春を過ぎてもまだまだ寒い日が続いている。

今、私はホームの一室から津久井の山並を眺めている。色彩を失ったその風景はただ静かで、水墨画の世界をも彷彿《ほうふつ》させる。ひと月ほど前降った雪はさすがに消えているが、寒さが時を閉じ込めている。時の流れとは無縁に見える。

窓際の桜の木々もその中にいる。しかし枝のそこかしこに蕾を見ることができる。春への仕度は気づかぬうちにも行われている。やがて春になれば満開の花を楽しませてくれることだろう。

ひと晩に咲かせてみむと　梅の鉢を火に焙りしが　咲かざりしかな

これは石川啄木の梅を詠んだ歌である。

やはり自然の摂理は大事にした方がよさそうである。

（二〇〇六年三月）

気象の変化

地球温暖化との関係は不明とのことだが、今年はことのほか暖冬であった。

東京地方で初雪をみたのは三月半ばを過ぎてのことであり、それも朝方だけですぐに降り止んでしまった。お陰様で、交通渋滞とか大きなトラブルに巻き込まれることもなく過ごすことができた。

しかしスキー場など雪を頼りとするサービス業関係者や、寒さを利用してものづくりに携わる人々にはきびしいシーズンであった。

また、東北や中越といった米どころでは、積雪が少なかったため稲の生育に必要な水が夏に向けて確保できるか、今から懸念する声が聞かれている。

まさしく、「こちら良ければあちらが悪い」といった現象であるが、自然の営みの前では、人間がいかに無力であるかを感じた今年の冬であった。


（二〇〇七年四月）

兼好法師の見た桜は

葉桜の時期を迎えた。私は、毎年この時期になるとなぜか、「花は盛りに、月はくまなきをのみみるものかは」という徒然草の一節を思い出す。

確かに花びらが風に乗って舞い散る様やその一片《ひとひら》一片が歩道に積み重なっていく様は風情がある。吉田兼好もこうして桜の花を楽しんだのだろうか。

しかしここで待てよと思った。今主流の染井吉野は、江戸時代末期に「大島桜」と「小松乙女《おとめ》」（エドヒガン系の桜）の交雑種によって作られた花だと言われている。では鎌倉時代末期に京都に生存した兼好が眺めた桜の種類は何だったのだろうか。

鎌倉幕府の成立とともに、桜の東西交流が盛んになったことや栽培技術の進歩も手伝って桜の種類は大幅に増えたという。調べる手段はないだろうか。

こんなとりとめもないことを考えていると、仕事を告げる電話のベルが鳴り現実の世界に戻された。


（二〇〇六年五月）

家庭菜園

新緑の季節を迎え、今年も家庭菜園を試みた。とても狭い庭だが、なす、トマト、ピーマンなど何種類かの野菜を植えた。いずれも園芸店から一苗一〇〇円前後で買い求めたものである。これから約四ヶ月間、それらの育ち具合が気になる朝を迎えることとなる。

野菜を眺めていると、くったくのないひと時を過ごすことができる。趣味で育てているのだから当然だとも言える。生物の成長を身近に感じ、やがて収穫物を口にするのは、大変楽しいことだ。

家庭菜園を始めたのは二年ほど前からだ。以前は、荒れた庭をただ眺めるだけであった。子育てから解放されて、心にゆとりができたからだろうか。それとも子どもの代役を野菜に求めているのだろうか。

（二〇〇五年六月）

梅雨

今年もまた我が家の紫陽花《あじさい》が咲き始めた。狭い庭の片隅に植えられているが、数を数えてみると八十ほどの花房があった。
この時期、曇天《どんてん》の下《もと》飽きることなく降りしきる雨に鬱陶しさを覚える日も多い。しかし植物の成長にとってはかかせない雨である。
紫陽花もまた天の恵みに応えるかのようにフェンスを越え、隣地にまで咲き零《こぼ》れている。薄紫の花弁の一群《ひとむら》は自らの麗《うるわ》しさに酔いしれているようにも見える。
そして、花々を包む葉っぱの上には、小さな水玉が次から次とはじけては落ちていく。
そんな光景を眺めているうちに、おもわず高校時代に習った長恨歌の一節、
春寒賜浴華清池　温泉水滑洗凝脂（春寒くして華清池に浴を賜う　温泉水滑らかにして凝脂を洗う）
を思い浮かべてしまった。

（二〇〇五年七月）

盆踊り豆知識

この時期日本各地で盆踊りが開かれるが、私はその起源をインターネットを使って調べてみた。その結果お釈迦様の十大弟子の一人、目連（目犍連《もくけんれん》）が、日本における盆踊りの開祖とされていることがわかった。

その内容はおおよそ次のとおりであった。

目連がある日、亡くなった母の魂の居場所を天眼で観察したところ、あろうことか母親は地獄に堕ち逆さ吊りの責め苦に遭っていた。驚いて供物を捧げたが、供物は炎を上げて燃え尽きてしまった。困った目連は釈迦に相談した。

釈迦は母を救うには七月十五日に衆僧に飲食百味を供養すること（施餓鬼《せがき》の秘法）が必要だと目連に伝授した。そのお陰で母は地獄から救われ歓喜の舞を踊りながら昇天した。

そして釈迦は「孝順の心ある者が、七月十五日に亡き父母の供養をするならば、誰でも一切の苦から脱《のが》れるであろう」と諭した。これが盆踊りの始まりとされている。

（二〇〇六年九月）

箒雲

高校生の頃、海辺近くで育った私は、夏休みになると海水浴に行くのが日課となっていた。そこかしこにカラフルなパラソルの花が咲き、午後の浜辺は家族連れや若者であふれていた。

打ち寄せる波の音も人々のざわつきに掻《か》き消されるほどの賑わいであった。

私もその一員となり、太陽の光を全身に浴びながら友人らと屈託のないひと時を過ごした。

しかしお盆の頃を境にし、力強い入道雲に代わって澄み切った空に箒雲《ほうきぐも》を目にするようになると、一つ、二つとパラソルが浜辺から消えていった。いつしか人影もまばらとなった。

私はそうした風情に秋の気配《けはい》を感じた。そしてまだ何も手をつけていない宿題への不安が心をよぎった。

（二〇〇五年九月）

これも自然の摂理

鶯が春先から七月ごろまでさえずっていたのは例年通りだったのかも知れない。しかしその後の季節の変化は少し変わっていた。

例年なら鶯の鳴き声に替わって聞こえる蟬の声がなぜか今年は少なかった。また八月十日、早朝の空に薄く伸びた箒雲を見た。私は早い秋の訪れを感じた。事実北京オリンピックが終了した頃から肌寒い日が続いた。

しかし、予想は当たらなかった。一転してその後二週間程、不安定な大気の状態は、雷鳴を伴った集中豪雨を各地にもたらした。身近な地域でも崖崩《がけくず》れがあった。その激しさは「ノアの箱舟」をも連想するほどだった。

九月の中旬を迎えると、ようやく季節は落ち着きを取り戻した。秋の日差しの中に忘れていた蟬の声が溶け込んでいた。

不自然な季節の流れに妙な不安を感じる日々が続いていたが、蟬の声を聞いてなぜか心が安らぐ思いがした。

（二〇〇八年十月）

星の輝き

とある日、私は朝早く目をさましてしまった。まだ四時前だった。もうひと寝入りしても良かったが、道路も空《す》いていると思い、早めに仕事場に行くことにした。外に出ると辺りはまだ暗かった。

ふと東の空をみると十カラットほどのダイヤモンドの輝きにも似た星があった。金星であった。そして南の空に目をやった。

するとそこには冬の夜空の主役オリオン座が、そしてその左下にはシリウスが輝いていた。夜空はいち早く冬の準備を始めているように見えた。

そういえば最近、ひと月前まで騒がしかった蟬の声に替わって、草むらから虫の音が聞こえてくる。

「時」は私たちの意思を離れて過ぎていく。いや、過ぎていってしまうといったほうが正しいのかもしれない。

（二〇〇七年十一月）

紅葉

今年も十一月半ばを過ぎ、朝晩の冷え込みに冬の気配を感じるようになった。そして例年どおり施設を囲む木々の葉も日ごとに色づきを深めてきた。こうした四季の変化に富んだ季節の繰り返しのお陰で私たちは生活のリズムを得ることができる。

そんな思いで、遠くの山並みを眺めているうちに、「紅葉はどうして起きるのか」ふと疑問に思った。

調べてみると、クロロフィル（葉緑素）とアントシアニンという葉に含まれる二種類の色素バランスの変化にあるとのことであった。

光合成に関与するクロロフィルは、春から夏にかけて盛んに作られるが、冬になり日光が弱まると、効率の悪さから作られなくなる。そしてカエデ、ツタなど一部の植物は葉を落とす前にアントシアニンという色素を作りだし、葉は美しい赤色に染まるのだが、この色素を作り始める理由はまだはっきりわかっていないとのことである。

（二〇〇八年十二月）

異常気象

八月も後半になると青空の一角にうろこ雲を目にすることがあった。確かに早朝のひんやりとした空気は秋の訪れを感じさせてくれた。しかし、日中になると真夏の日差しが降り注いだ。昨年の冷夏とは反対に猛暑が延々と続いた。新聞には熱中症の被害を伝える記事が毎日掲載された。

地球温暖化との因果関係は不明だが、赤道域で海面水温が低くなる「ラニーニャ現象」により、太平洋高気圧が勢力を強めていることが原因とのことで、世界的な異常気象の一側面であることに違いはない。

こうした地球規模でのバランスの変化は生態系に影響を与え始めている。今まで生物は環境の変化に対して、新たな適応力を身につけながら種の維持・発展を遂げてきた。加えて、多剤耐性菌や新型ウイルスの出現など多くの問題が危惧されている。

果たして人類は、その英知により今後も繁栄していけるのだろうかと疑問に思えてしまう。

（二〇一〇年九月）

日本人のこころ

三月の下旬、鶯のさえずりとともに開花した桜は、その後の寒さもあってか例年になく花もちが良かった。お陰で花見の機会も多かった。桜は、万葉集にも詠まれているように、春を代表する花として昔から多くの人々に親しまれてきた。

その代表的な桜に江戸後期に出現した染井吉野がある。

染井吉野は「大島桜」と「小松乙女」の掛け合わせと言われているが、この木は種子では増えず、接ぎ木や挿し木によって増えていく。つまり全ての木がクローンで同じ遺伝子を持っている。

それゆえ染井吉野は同じ環境では同時に咲き、同時に散るといった統一性をもっている。その散り際の「はかなさ」「潔さ」を日本古来の武士道に喩《たと》える者もいる。

桜の花に日本人の心を求めるのはきわめて自然なことだろう。ただそれを「同期の桜」のように、国家の体制作りに当てはめようとするならとても悲しいことである。

（二〇一〇年五月）

騙された？

　先日職場の同僚が花の咲いた小さな植木鉢を頂《いただ》いてきた。名前は分からないが、とても可愛らしかった。五枚の葉っぱに囲まれた真ん中に紫の花が三つ、そして蕾が一つあった。私は同僚とともに育てることにした。

　毎日根を枯らさない程度に水を与え、蕾が開花する日を待った。しかし、二週間が経っても花は咲かなかった。「陽があたらないせいかな？」と考えた二人は、柔らかな陽のあたる日を選んで外に出してみた。それでも花は咲かなかった。

　ある日、カーラジオにスイッチを入れると光触媒を施した造花の話が流れていた。浄化や抗菌の効果があり、その出来栄《できば》えは本物と間違えるほどとのことであった。

　次の日、念入りに花を調べた。葉脈がなかった。匂いもなかった。そっと花弁に触れてみると明らかに布地の感触がした。騙されて不愉快な思いをすることは数多くある。しかしこの花を眺めていると、思わず頬がゆるんでしまう。楽しい思い出としていつまでも心に咲き続けるに違いない。


（二〇一〇年六月）

いのち

命の姿

なす、トマト、ピーマンなど、昨年に引き続き家庭菜園を行った。庭先の限られた面積なので各種一、二本植えただけだが、結構楽しむことができた。

昨年、私は秋が深まっても新芽を出そうとするトマトを抜くことに戸惑いを覚えた。命の限り生きようとする姿に畏敬の念を感じたのだ。

しかし今年は少しばかりの収穫を得た八月の終わりに抜くこととした。少しでも早くトマトに安らぎのひと時を与えてあげたかった。

今年三月、母は他界した。天命を悟った母は一日も早く天国に召されることを願った。しかし私はもう少し地上での接点、触れ合いの時間を望んだ。

答えを見出せない日々が続いた。

トマトを抜いた庭先の土を見て、私はおよそ半年前の心の葛藤を思い起こした。


（二〇〇五年十月）

生物の絶滅

生命の起源は海の中にある。およそ十億年前出現した生物は単細胞で、ただ海水にただようだけであった。その後、酸素濃度の増加とともに生物は進化をとげ、その行動範囲も広がっていった。

前期カンブリア紀（約五億年前）になると、多くの生物が出現し弱肉強食の世界となった。当時の海の王者は体調二メートルほどのエビのような形をしたアノマロカリスであった。アノマロカリスは二千万年ほど繁栄を続けたが地球上から姿を消してしまった。今日その遺伝子を引き継ぐ生物は存在しないし滅亡の原因も分かっていない。最近話題となっている鳥インフルエンザのようなウイルスが関与したのだろうか。

そのころ体長一、二センチのナメクジのようなピカイアという名の生物がいた。ピカイアは脊索《せきさく》を持っていたので、人類の起源に結びつくとも言われている。

（二〇〇五年十二月）

長生きの秘訣

九十歳過ぎてもとても元気なご婦人がいた。

「どうしたらそんなに元気でいられるのですか?」と尋ねると、椅子に座ったそのご婦人は、

「よくみんなから聞かれるのですよ。元気の秘訣《ひけつ》を教えてってね」との答えに続けて、「でもふだんから健康に関して特別なことはしてないんですよ。むしろ気にしてないほうだと思います。ただね、細かいことにはくよくよせず、嫁を含め他人のしてくれることを善意に考え、何事にも感謝する気持ちを忘れないように心がけています」と笑顔で話された。

良い話を聞かせていただいたお礼に私はお茶と和菓子をすすめた。すると、

「ありがとう。でもね、今日はお昼に少し食べ過ぎたので遠慮しておきます。食べ過ぎは体によくないですものね」

と言って席をたたれた。


(二〇〇七年十月)

生きる術

ゴールデンウイークに家族ら四人で高尾山に登った。

時折霧雨が降り、この時期にしては肌寒い一日だった。

二時間足らずで頂上に着くことができた。山歩きが楽しめるほどのコースだが、視界の悪さもあってか、この路《みち》もまた全て山の中にあるように思えた。

古くから山岳信仰の霊場として栄えた高尾山は、戦国時代になると築城などの用材供給地として重宝され、沢山の杉が伐採されたという。

山の中腹、薬王院の近くに「蛸杉《たこすぎ》」と呼ばれる樹齢四百五十年の杉がある。

現在は直径六メートルほどの巨木であるが、当時はまだ幹も細く、伐採の対象とはならなかったのだろう。今日まで幾多の嵐にも遭遇してきたことだろう。

そうした難を乗り越えて生きる術《すべ》をこの杉は備えているのだろうか。問いかければ何か教えてくれそうな、そんな思いにかられた「蛸杉」との出会いであった。


（二〇〇八年六月）

死を意識する

人は生まれながらの資質や育った環境によって様々な人生を送るが、各人に共通したことの一つに「死」がある。日ごろ私たちは「死」を直視せず、忌み嫌って生活する傾向にある。

しかし「死」は人間に等しく与えられた事象である。そして「死」は人生の完結をも意味するから、むしろ「死」を意識して生活する方が、充実した人生を送れるのではないだろうか。

もし「あなたの寿命は後何年です」と言われたら、自身の軌跡をこの世に刻みたく思うし、残された時間を有意義に過ごす術を模索することであろう。

そんな思いに浸《ひた》りながらも、今日も一杯のお酒に喜びを感じる。これもまた人生の一面であろうか。

（二〇〇六年十一月）

人類の将来

地球の誕生は四十六億年前と言われている。そして酸素濃度の増加とともに海中に原生動物が出現したのが約八億年前である。

その後、生命は海から川、陸へとあるいは空へと新たな居場所を求めて進化していった。そして十六万年ほど前、私たち人類の直接の祖先といわれる新人（現代型ホモ・サピエンス）が出現した。

こうした進化の過程では、生命は環境の変化に適応することが求められてきた。すなわち、種の繁栄には自然の許しが必要であった。そこからは神秘にも似た生命の能力を感じることができる。

しかし、文明の発達とともに、私たちは環境を変えて生き残る術を身につけるようになった。その結果、人類は本来持っているはずの自然に適応する能力を失いつつあるようにも思える。

この先再び自然の許しを願う日がこなければ良いのだが。

（二〇〇七年十二月）

送り人？

先日奇妙な夢を見た。エスカレーターを乗り継いで上へ上へと昇っていった。やがて頂上に辿り着き、外気にふれた。そこは薄暗い世界で、人影もなく寒々としていた。

言い知れぬ不気味さを感じた。右手前方にぼんやりとした明かりが見えた。明かりを目指し、曲がりくねった道を進むと程なく崖の端についた。その先の荒涼とした山肌に明かりが点在していた。その明かりは、家の窓からこぼれる明かりのようにも、「ろうそく」の炎のようにも見えた。怨霊が渦巻いているようだった。

私は怖さをこらえ今来た道を引き返した。やっとの思いで下りのエスカレーターに乗ったところで目が覚めた。そして再び眠りについた私はまた同じ夢を見てしまった。今度は話を交わす同伴者がいた。

この夢の少し前友人の奥さんが急死し、私は葬儀に参加した。夢に出てきた世界は何だったのだろうか。


（二〇〇八年三月）

脳死について

臓器移植法の改正が話題になっている折、柳田邦男『犠牲　わが息子・脳死の11日』を再読した。内容は突然自ら死を選んだ息子が、十一日間の闘病生活の末脳死にいたった過程、そして最後に腎臓提供の道を選んだこと、またその間の医療従事者や家族の心情が語られている。家族の願いも空《むな》しく、日ごとに状況は悪化しやがて脳死の判定を受ける。

しかし積極的医療を中止した後も医学的には考えられないが、面会時になぜか血圧が上昇するし、耳元での呼びかけにも応えているように感じられたとのこと。そこで著者は「脳死をもって人の死としていいのだろうか。脳死とは人間が死んでいくプロセスの一つに過ぎないのではないだろうか」と考えるにいたった。

今回提示されている改正案の一つでは、脳死をもって「死」とするとされている。死生観の違いや家族の関わり方によって、死の受け止め方も各人違って当然であろう。

それを法律で一律に定義することが、果たして妥当なのだろうか。　（二〇〇九年七月）

死の定義

改正臓器移植法が七月十七日から全面施行された。

今回の法改正によりこれまでの年齢制限がなくなり、十五歳未満の子どもからの臓器提供が可能になった。また、脳死となった本人の意思が不明でも、生前に拒否の意思表示をしていない場合、家族の承諾だけで臓器提供が可能になった。

この改正は臓器提供を受ける側や移植手術に前向きな人々には朗報だが、主体であるべき提供する側（家族）への配慮は十分なされているのだろうか。

また脳死判定は、臓器提供の場合にのみ行われるので、今までどおりの医師の確認（三兆候死──呼吸停止、心停止、瞳孔拡散）による死とは時間的に差が生じる場合がある。このことは相続問題で法的争いが生じる恐れもある。

死の捉え方は、それぞれの宗教観や文化、歴史などによって異なっている。

それゆえ、この法案の審議に先立って国民に「死」の定義を求めても良かったし、もっと多角的な視点からの議論が必要だったのではないだろうか。

（二〇一〇年八月）

人生の午後に

再訪の地で

今から十二年ほど前の夏、家族四人で山梨県の昇仙峡を訪れた。娘も二十歳、息子も高校生となり一緒に旅行するのも最後のように思えた。二人が人生を振り返る歳《とし》になった時、この家族旅行がなつかしい思い出になればいいなと考えた。

私自身、子どものころ両親に連れられこの地を訪れたことがあった。その時の記憶を蘇らせようと本棚の隅に追いやられていたアルバムから当時の写真を拾い出したりもした。

そして現実に目にした昇仙峡は四十年前のままだった。川の流れを見下ろすようにそびえる岩壁も、激しい流れの中に居座る大石も何一つ変わっていなかった。自然にとっての四十年は、私たち人間が考えるより比較にならないほど短いものなのだと感じた。

たくさんの旅行者がいた。私もその一員となり、人の流れのままに遊歩道を歩いた。

二人の子どももいつの日か、今の私と同じ気持ちで、彼らの子どもとこの地を訪ねてほしいなと思いながら無言で歩いた。

（二〇〇八年九月）

四十年の歳月

先日、高校卒業後四十年を経て、全校生徒による同窓会が藤沢で開催された。

町田に住む私は、小田急線で藤沢駅に向かった。駅に着くと肌を過《よぎ》る風にわずかに海の香りを感じた。その香りに乗って青春時代のなつかしい思い出が、いくつか脳裏に浮かんだ。ほろ苦い思い出もあった。

会場は多くの人であふれていた。八十歳を越えてなお元気な恩師の姿もあった。いつしか吸い込まれるように旧友たちの話の輪に加わっていた。会話を交わすうちに忘れていた記憶を呼び戻すことができた。それぞれの顔にそれぞれの人生があった。

しきりに名刺を配る者がいた。すでに仕事をリタイアした者もいた。また今後の人生の夢を語る者もいた。生きている間、時間は誰にも等しく流れるが、その受け止め方や使い方によって大きな違いが現れる。

自分自身の過ぎ去った時間を振り返り、少しばかり感傷的になった一日だった。


（二〇〇八年五月）

幸せの基準

「幸せになりたいんだけど、どうしたら幸せになれるかなー？」

「君が考える幸せって……どうなれば幸せなの？」

「そんなに貧しくなく、家族みんなでゆったりした生活ができたらいいな！って」

「でも幸せって形があるわけではないし、人間の欲望には際限がないから……。そう、どこまでいっても幸せには辿り着かないと思うな。それに物を得ると却《かえ》って争いが生じて不幸になることもあると思うよ」

「では、あなたの考える幸せは？」

「そうーだね、現実を受け入れ、自分自身や他人そして与えられた環境に感謝する気持ちで生活できたら……そしたら気づかないうちに幸せになってるかもね？

もちろん〈妥協〉とは違うよ。確か孔子は、六十にして耳順《したが》う。七十にして欲するところに従って矩《のり》を踰《こ》えず……って言ってるけど。そんな心境になれたらいいね。僕には絶対無理だけどね」


（二〇〇九年五月）

百年前の読者

初夏とはいえ少し寒さが残るとある休日の朝、私は家の書棚から一冊の古い本を手に取った。明治四十年六月から四ヶ月にわたって朝日新聞に連載された夏目漱石の『虞美人草』だ。漱石が大学講師の地位を擲《なげう》って、小説家として最初に取り組んだ作品である。

小説の真髄に辿り着く難しさは覚悟して読み始めたが、読み進めるにはかなりの知識を必要とした。漢詩はもとより、東洋史、世界史に通じてないと読みこなせなかった。それでも文中にもある「ルビコン川を渡る」思いで読み続けた。

購入時、私は十七歳だった。当時の私にこの小説を読破する知識があったとはとても思えない。おそらく買っただけで本棚の隅に追いやられていたことだろう。

この作品は、発表とともに社会的にも大評判を博したと言われている。新聞購読者の階層が限られていたにせよ、明治人の文化水準の高さに恐れ入るばかりであった。

ただただ感心のうちにも、その日の夕方にはなんとか読み終えていた。

（二〇〇九年六月）

勉強はうれしい

九月のある日曜日、私は模擬試験の会場にいた。

会場内には若い人から私のような年配の人まで幅広い年齢層の人がいる。皆、来月の資格試験を目指しているのだ。

昔、大学受験を余分に経験したこともあって、模擬試験には慣れているはずなのに、少しばかり緊張している自分がいた。そんな自分が少しばかりおかしくもあったが、当時の記憶を思い浮かべると落ち着くことができた。

さて、ある程度準備して臨《のぞ》んだにもかかわらず、結果は満足いくものではなかった。記憶力の衰えを改めて感じる。反省もあって次の日は多くの時間を勉強にあてた。

勉強に没頭するうちに不思議な感覚が生まれてきた。能力の衰えは仕方ないが、この歳になっても勉強できる環境にいられることが嬉しく思えた。そして、勉強する時間を持てることに加え健康でいられることが、とりわけうれしかった。


（二〇〇九年十月）

光陰矢のごとし

志賀直哉は昔から好きな作家の一人で、特に『城の崎にて』が気に入っていた。淡々とした短い文章の積み重ねが好きだった。飾りのない表現が好きだった。

ふと読み返してみたくなり、高校生の頃買い求めた文学全集から一冊を取り出した。活字を追っていると、辺《あた》りの風景が水墨画を観るかのように伝わってきた。さらに志賀直哉の清潔感に富んだ人となりも伝わってくる。その文中には、作者が交通事故にあったため養生に来た土地で偶然生き物の死に直面したことから、命の神秘さに思いを馳《は》せる過程が綴られていた。

読書の秋にふさわしい数日を過ごして、私はとてもすがすがしい気持ちになった。続けて他の本も読もうと思った。しかし、全集は八十冊あり一度も開いたことがない本が数多くあった。思わず読み終わるまでにどのくらいかかるかと指を折って数えてしまった。

その時、何十年も昔「今勉強しないと光陰矢の如しだよ」と母に言われた光景が脳裡《のうり》をよぎった。

（二〇一〇年十一月）

学ぶことの大切さ

十二月が間近になると山々の木々の葉は、ここ十日ばかりの間に急に色づき始めた。また街路樹の銀杏《いちょう》の葉は黄金色に染まっていった。季節の営みが今年もあった。

この地で働き始めて六年が経《た》った。知らぬ間に自然に囲まれた津久井に居心地の良さを感じるようになっていた。

仕事に就いた当初は知識を得ようと度々東京まで研修を受けにいった。講師の話が新鮮に聞こえた。それがいつしか、研修の案内を見ても心が動かなくなっていた。今の知識で事足《ことた》りそうな気がした。電車を乗り継いで都会まで行くのが億劫《おっくう》だった。

先日、私は久しぶりに東京で研修を受けた。認知症の研修だった。勉強になることが多かった。現状で満足していた自分が恥ずかしかった。

還暦を過ぎて、最近時間の大切さを肌で感じるようになった。年老いてなお、読書に明け暮れていた母の姿が浮かんだ。残された時間に少しでも新しい知識に触れたいと思った。そうすれば青春と繋がっていられそうな気がした。


（二〇一〇年十二月）

母の句集

久しぶりの休日のことだった。炬燵《こたつ》でくつろいでいると、居間の片隅におかれた一冊の本が目にはいった。五年前亡くなった母が作った歌集だ。その本は前からそこにあったが、気にならなかった。だが、この日に限って、その本は何か語りかけているように見えた。

あとがきの一部には「おのずから日誌代わりの次元の低い作ですが、生きた証として孫子に遺して置きたく第三歌集『紺の実』を編みました。……」と書かれていた。

私は大事な役割を忘れていたことに気づき、母に申し訳なく思った。子どもたちの幸せを第一に考えて人生を終えた母の姿が浮かんできた。そして少しでも早く私の子どもや孫に手渡さねばと思った。

歌集には折々の生活で感じたことや家族のことなどが詠まれていた。巻末の句、

一人蒔き一人眺めし朝顔の花の終わりを今日は束ねん

は晩年独居で暮らしていた母の心情が真っすぐに伝わってきて、思わず涙ぐんでしまった。

（二〇一一年一月）

藁をも摑む

スラックスを買い求めに行きつけの洋服店を訪れたのは、半年前の七月のことだった。馴染《なじ》みの店員の「少し太りましたね。サイズを変えたほうが良さそうですね」という言葉がきっかけで、私はダイエットを志すこととした。何よりも手持ちのスーツが着られなくなるのが怖かった。

週一回のジョギングに加え毎日腹筋運動を繰り返した。三ヶ月経つと少しばかり効果が現れ始めた。満足した私の目は、今度は健康食品に向かった。新聞の広告欄がやたらと目に入った。「老化を防ぐ……」という言葉に心が揺らぎいくつか買い求めた。

死ぬのは怖くないけど、認知症になるのが怖いと言う人がいる。私にとっては死ぬのは怖くないけど、病気になるのが怖いといった心持だった。

秦の始皇帝は不老長寿の薬を求めたという。そこまでの熱意はないにしても、藁《わら》を原料にした健康食品があったら購入しかねない。そんな思いで新年が始まった。

（二〇一一年二月）

言い訳

先日、一通の手紙が届いた。年賀状のやり取りはあるが、疎遠になっていた知人からの手紙だった。三十年前大変お世話になった人で、私より五歳ほど年上である。

彼は我が家の近くで自営業をしていたが、東京の江戸川辺りに引っ越し、その後も商《あきな》いを続けていた。宛名を見た瞬間「引退の挨拶だろうな」くらいにしか思わなかった。私自身にとっても無縁な話ではないと思った。しかし封を切ってびっくりした。

そこには、作家としてデビューした知らせが書かれていた。そして「図書購入のお願い」や一流雑誌社から発売される作品のパンフレットが挿入されていた。

最近仕事が思い通りにいかず苛立《いらだ》ちを感じることがあった。

そんな折には歳を言い訳に自分を慰めることが多かった。そんな私に歳を重ねても、なお前向きな彼の姿は新鮮だった。

しばらくすると、いつか私も同じような手紙を彼に送れたら良いな、と心に緩《ゆる》やかな血の流れを感じた。


（二〇〇九年十一月）

何かを残す

このホームの理事長に就任したのは、四十七歳の時だった。そして十七年が経過した今、私の高齢者に対する見方は大きく変化した。当初、ホームの利用者と接しても、自分とは別世界の存在に映った。

それが五十五、六歳を過ぎた頃からだろうか、歳を経るごとに身近な存在になってきた。それぞれの方々の姿に自分の将来の姿を重ね合わせるようになってきた。

平成十六年施設長を兼務してから、ホームの機関誌に毎月短文を掲載することとなった。短い文章とはいえ原稿の締め切りに追われる苦しみを味わうこともしばしばあった。

短歌を詠むことを趣味とした母は作品集を三冊出版している。その作品には母の人生の軌跡が描かれていて、私も人生の晩年を迎えたせいか、若い頃には思い浮かばなかった作者の心情を読み取ることができた。

それらの作品に触れていると、自分も人生の軌跡を形に残してみたいと思った。そしてこのことが私の人生の中で一番の贅沢にも思えてきた。


（二〇一一年七月）

土地柄

七月のある暑い日、打ち合わせのため午後から都心に行くことになっていた。私は仕事を早めに終わらせ車で駅へ向かった。駅からは電車で行くことに決めていた。初めて訪ねる場所なので、少し早めに施設を出た。

しばらくすると、「野菜直売」の看板を見つけた。時間に余裕があったので、買い求めようと農家の中庭に足を入れた。ほどなく離れの一室から高齢のご婦人が出てきて私の顔をしげしげと眺めた後、「どこかで見たと思ったら、旭ヶ丘の施設長さんでしょう。私はデイサービスでお世話になっていますよ。野菜は裏の畑に取りに行かせるから、部屋に上がってなさいな。時間がないならせめて玄関に腰掛けてくださいよ」と話しかけ、コップに冷たいお茶を注いでくれた。さらに帰り際には冷麦までいただいた。

思わぬ長居をしてしまったため昼食もそこそこに、都心の人ごみの中を足早く約束の場所に向かったが、胸の中にはご婦人の温かいもてなしが残っていた。

私は人情味にあふれた津久井の土地柄が大好きである。

（二〇一一年八月）

こころの栄養剤

マザー・テレサに関する書物は数多く出版されているが、インド政府の高官だったナヴィン・チャウラが記した『マザー・テレサ愛の軌跡』（日本教文社）は、彼女の人となりを余すところなく伝えていると思う。彼は当初行政の立場からマザー・テレサと出会ったが、接触を重ねるごとに彼女の魅力に惹かれていった。そして神の呼びかけにより十八歳でカルカッタの修道院に赴《おもむ》いてより、八十七歳で神に召されるまでの約七十年にわたる彼女の軌跡を記した本書を、五年の歳月を掛けて作成することとなった。

本書には、彼女が修道女となったいきさつや、神の啓示に従い時間を無駄にすることなく貧者のために働き続けた姿が生き生きと描かれている。また神の愛に喜びを感じる彼女の言葉が随所にちりばめられていて、それらはダイヤモンドのような輝きを放っている。

今までに何度となく読み返しているが、人間関係に鬱陶しさを感じたり、仕事に行き詰まった時に読むと、爽やかな気持ちに浸ることができる。まさしく心の栄養剤といった本である。

（二〇一一年九月）

福祉のこころ

弱さを与えられた

成功を求め　強さを与えてほしいと、神に求めたのに
私は弱さを与えられた　謙虚に従うことを学ぶために……
より大きな仕事ができるようにと　健康を求めたのに
私は病弱を与えられた　少しでも良いことができるようにと
幸せになれるようにと　富を求めたのに
私は貧しさを与えられた　賢明でいられるようにと……
人々の賞賛を受けようと　権力を求めたのに
私は弱さを与えられた　神を求めるようにと……
人生を楽しむことができるようにと　手にいれるものは何でも欲しかったのに
私は命を与えられた　あらゆることを喜べるようにと……
欲しいものはなにも与えられなかったのに
私の希望はすべてかなえられた

こんな私にもかかわらず、祈りは言葉を超えて全て聞かれた
　私は誰よりも一番豊かな恵みを受けた

作者不明、柏木昭訳（『精神保健福祉論』へるす出版より）

この詩は、南北戦争当時の南軍の一兵士が書いたものだが、現在、ニューヨーク大学医療センター・リハビリテーション研究所の信条になっていて、銅版にレリーフされているとのことである。

（二〇〇六年二月）

利用者の主体性

昨年、プロ野球界は楽天の新規参入によって決着するまで、その過程で大いにもめました。以前では考えられないことです。球団の経営者側は、自らの都合だけで事を進めようとしてもうまくいかないと思い知らされたことでしょう。

老人福祉の分野でも同じことがいえます。介護保険制度の導入によって、利用者の主体性を尊重するサービスの提供が求められるようになりました。その制度も今年見直しが行われることとなっています。社会福祉法人に求められる役割も明確になってくることでしょう。

国の財政事情からの見直しもあり、改革の方向性について不安を感じているのも事実です。しかし、どのように制度が変わろうとも、今まで以上にご利用者およびそのご家族との信頼関係を大事にし、時代を先取りしたサービスの提供を目指していきたいと思っています。

（二〇〇五年一月）

季節を楽しむ

寒さも和《やわ》らぎ、いよいよ桜の季節を迎えました。

多くの人々が待ち焦がれる桜の開花。今年もそこかしこでお花見が開かれることでしょう。

満開の花の下で友人らと語らい、そして盃を酌み交わしながら食事をとるひと時は、暖かさを帯びた天候のせいもあって、くったくのないゆとりの時間をもたらしてくれます。

こうした自然からのプレゼントは、日ごろのストレスを解消してくれます。四季の変化を日々の生活に取り入れていくことは大変意義あることと思います。

幸い森と水の都といわれているこの津久井には、豊かな自然がたくさん残っています。

施設でもご利用いただく皆様に、こうした感覚を味わってもらえるサービスを心がけていきたいと思っています。

（二〇〇五年四月）

夢

歳《とし》のせいか入眠剤の世話になることが多い。しかしたまに薬を服用せずに寝ると、眠りが浅いせいか必ずといっていいほど夢を見る。そしてその夢の内容の奇想天外さ、奇抜さには自分でも感心してしまうことがある。

ある時この夢は覚えておいて、起きたら作品に仕上げようと必死に記憶に努めるもう一人の自分が夢の中にいた。だが夢は目覚めとともに消えてしまい、思い出そうにも途切れた糸をたどれないことも多い。もしかすると熟睡しているときも常に夢を見ているのかもしれない。とすると脳は二十四時間活動していることになるのだろうか。

「夢を持てと励まされ、夢を見るなと笑われる。ふくらんでちぢんで、近づいて遠ざかる……」最近こんなコーマーシャルをよく耳にする。

現実の世界にあっては、ホームの夢を職員全体で共有し夢で終わらせず、その実現にむけてこの一年努力していきたいものである。


（二〇〇六年一月）

悲田院

「敬老の日」の由来についてはいくつか説があるが、その一つに聖徳太子説がある。

聖徳太子は大阪に四天王寺を建てた時、そこに敬田院、悲田《ひでん》院、施薬《せやく》院、療病院の四箇院を設置した。

そのうちの悲田院が今でいう老人ホームに当たり、その設立が九月十五日であったため、この日が選ばれたらしい（今は九月の第三月曜日だが、以前は九月十五日が敬老の日であった）。

なお悲田院というのは元々中国にあったもので、中国文化の輸入に熱心であった太子が、一流の国家は福祉も一流でなければならないという理想に燃えて設立したものと言われている。

太子が日本の福祉の現況をみたら、果たして一流国と判断するか興味を惹かれるところである。


（二〇〇六年十月）

食べることの大切さ

この四月より津久井町（現相模原市）は、ひとり暮らし高齢者や障害者の方々を対象とした、お昼の給食サービスを始めました。

旭ヶ丘老人ホームでは、このサービスを受けることとなりました。

最近、老人福祉施設では、食事を外部委託するところが多くなっています。

しかし、当ホームでは、お食事はご利用者様の大きな楽しみの一つと考え、開設以来ホームの管理栄養士や調理員の手によって作っております。

献立については栄養バランスに配慮するとともに、四季折々の変化に富んだ惣菜を提供してまいります。

また添加物などによる健康被害も問題となっている今日この頃です。

今後も食材の吟味に努め、給食サービスを希望される皆様に喜んでいただけるよう、美《お》味《い》しい給食作りに励んでまいります。

（二〇〇六年四月）

信頼の源

専門職に求められる専門性とはなんだろうか。

例えば、公認会計士は「貸借対照表」や「損益計算書」からその会社の経営状態を推測することができる。建築士にしても図面から完成した姿を想像することができる。すなわち専門職には二次元の世界から三次元の世界を描く能力が求められるのだろう。

そして私たちは、彼らに依頼すると安心感を覚えることがあるが、その理由のひとつに専門職の行為は法律上の担保を負うことを知っているからであろう。

そこで福祉の専門性を考えると、「記録から利用者の心身の状況を把握しケアの実践に生かす能力」が求められるといえそうだ。

福祉の現場では、看護師、管理栄養士、介護福祉士、ケアマネジャーなどの各専門職が協働してケアにあたっているが、そうしたそれぞれの行為もまた法律の適用を受けるのだと自覚することが重要であるし、その姿勢の先に利用者との信頼関係が結ばれると考えている。

（二〇〇六年八月）

行為自体の大切さ

昔から使われている諺《ことわざ》には、見事に真理をついているものがある。それらの中には、「言いえて妙」だと感心するものが多くある。

しかし私は「正直者は損をする」という諺は好きになれない。

果たして正直者は損をするのであろうか。

確かに正直者ぶる人間は、思った通りの結果が得られないとき「馬鹿なことをした」と感じるかも知れない。

しかし、真の正直者にとっては、正直な行為そのものが目的であるから、果実の収穫は別の問題かあるいは全く意味のないものではないだろうか。

そしてまた、自らの行為自体に意義を感じ、達成感を覚える点は、ボランティアをする心にも通じるものがありそうである。

（二〇〇六年十二月）

人間の尊厳

二月のある日曜日、私はふだん車で通勤している自宅から老人ホームまでの二五キロを走ってみることとした。おりからの市民マラソンブームの刺激を受けたせいもある。

しかし理由はそれだけではなかった。

最近、私は地域の方々を訪問することがある。

そこで出会う人の多くは高齢者であるが、なかには若くして障害を持った人もいる。

先天的、後天的とその理由は様々であるが、彼らは視力を失ったり、上下肢《じょうかし》の麻痺などとひどく不自由な生活をしいられている。

それでも、障害を受容して前向きに生きている姿から、人間の尊厳を感じ取ることができた。

そんな彼らに接しているうちに、私は今自分が健康でいられる幸せに感謝する気持ちでいっぱいになり、手足を動かしてみたくなったのだ。

（二〇〇七年三月）

施設に求められるもの

五月の第三日曜日、鶯の声を窓越しに聞きながらホームの二十五周年記念式典が行われた。

設立当時はまだ高齢社会の到来が話題になることは少なかった。

近隣の住民の中には、建設を不安視する人もいた。

しかし、初代理事長の私欲のない行動が少しずつ地域の人々に理解され、老人ホーム開設の運びとなった。

その後今日に至るまで、ホームに係わった職員一人ひとりの誠実な仕事ぶりにより、地域の皆様の信頼を得られてきたのではないかと考えている。

私たちはこうした無形の財産を大事にして今後も業務にあたっていきたい。

そして変化する時代に対応できる知識の習得に努め、常に地域の社会福祉に貢献する施設でありたいと思っている。


（二〇〇七年六月）

善きサマリア人

夕暮れ時私は車を運転していた。信号が赤になった。左側の歩道に目をやった。すると中年の労務者風の男の姿が目に入った。

彼の足取りは覚束《おぼつか》なく、時折倒れそうだった。私は気になったがそのまま車を走らせた。係わり合いを持つことに多少の抵抗を感じた。

しかし、その時聖書の「善きサマリア人」の一節が頭に浮かんだ。二分後、私は彼の横にいた。

「どこか具合悪いですか？　頭いたいですか？　救急車呼びましょうか？」とゆっくり、ためらいながら尋ねた。

彼は「大丈夫」とひとこと言い、惣菜の入った買い物袋を置いたまま歩き出した。小さくなっていく後ろ姿をしばらく見ていたが、やがて私もその場を立ち去り帰宅した。

サマリア人のような手助けはできなかったが、その夜のビールはいつになく美味しかった。

（二〇〇七年八月）

プラス改定

今月、介護保険制度が導入されて以降、三回目の介護報酬改定が行われた。過去二回はマイナス改定で、今回初めてプラス改定となった。

主な改正の主旨は、「介護従事者の離職率が高く、人材確保が困難な現状にあっては、従事者の処遇改善を進める必要がある」「介護が必要になっても住み慣れた地域で自立した生活を続けることができるよう〈医療と介護〉の継ぎ目のないサービスの提供が必要である」といった点にある。

その根底には、質の高いサービスの提供体制を作りたい、そのためにサービスの提供を目指している事業者を適正に評価していこうという考え方があるようだ。

改正内容を詳細にみると、制度改革の継続性といった観点からは、疑問に思う点もあった。

しかし新たに導入されたサービス評価基準のいくつかは、すでに当施設では取り入れており、施設の方針に間違いはなかったと考えている。

（二〇〇九年四月）

倫理とは

日ごろ福祉の分野でも「倫理綱領」といった言葉をよく耳にする。そこで私は施設の職員全員に、「倫理とは何か。50字程度で定義しなさい」という課題を与えてみた。

何とはなく分かっていても、簡潔に表現するのは難しいことである。いろいろな答えが返ってきた。その中では、「規範、道徳、基準、規律、秩序、良心、モラル」などといった言葉が数多く使われていた。

ソクラテスやアリストテレスは人間を「理性的な存在」「社会的な存在」と捉《とら》えている。しかし、科学や文化の発展とはうらはらに、フロイトのいう「超自我」はその居場所を失いつつあるように思える。それが現代社会において今まで以上に「倫理観」が求められる理由の一つなのだろう。

ところで、私は倫理を、「個人またはそれぞれの集合体が自主的に遵守《じゅんしゅ》するとともに、社会から当然に求められる行動の基本とすべき規範」とひとまず定義することとした。

（二〇〇九年九月）

私を形作るもの

師走の街を歩いていると、隣から宮沢賢治の詩の一節が聞こえてきた。

口ずさんでいたのは十歳くらいの女の子で、母親と歩きながら諳《そら》んじていた。私はその親子連れと歩く速さを合わせ、

　雨にも負けず、風にも負けず……東に病気の子供あれば行つて看病してやり　西に疲れた母あれば行つてその稲の束を負ひ……


といったフレーズを聞き続けた。

女の子は母親の相槌に合わせながら最後の「さういうものにわたしはなりたい」とまで詠い上げた。聞き終えると私は追憶の世界にいた。

幼い頃、この詩にふれた私は「私もいつかそういう者になりたい」と漠然と思った。しかし、いつしか年月を重ねるうちに詩はおろか、その思いも忘れていた。

でも心の奥底には、その思いが流れ続けていて、今の私を形作る要素の一つになっているようにも思えた。


（二〇〇八年一月）

性善説

アメリカのある青少年刑務所では、犬との触れ合いにより犯罪者の更生を図っている。彼らは強盗や暴行、殺人などの罪により服役していた。多くの者は、幼少時に両親の離婚を体験し、親からの愛情は希薄だった。そのためか居場所が見つからず、人間不信に陥っていた。

そんな彼らに飼い主から放置されたり、虐待を受けた犬があてがわれ、約三ヶ月かけてしつける取り組みが行われた。犬は当初、全く言うことを聞かず、なつくこともなかった。しかし愛情を持って世話するうちに、彼らの「お手」や「お座り」といった指示に従うようになった。犬との新たな関係が始まったのだ。

犬の変化とともに彼らも大きく変化していった。我慢できるようになった。自らの存在を感じることができた。さらに与えた愛情は自分に返ってくることを確信した。

明るさを増していく彼らの表情は、人間の本質が「性善説」に基づいていることを示しているように思えた。

（二〇一〇年四月）

生きた証

今から七十七年前、私は小学校五年生、中学生の兄は八王子の米屋の二階に下宿していました。たまたま父に連れられ訪ねた時のこと。勉強が好きで、難しい本を読んでいた兄は突然、「ドイツへ行って哲学の勉強をしたい」と抱負を語りました。

当時の私にとっては「ドイツは万里の果て」、仰天の思いで「行っては否《いや》」と泣き叫んだのを鮮明に覚えています。幼少より病弱だった兄を母が手離すはずもないし、父もその晩年で、家を守るため運命に従い学問の道を諦《あきら》めたようでした。

その兄が財を投じ、手狭ながらここに老人ホームを建設したのは昭和五十七年。その結果多くの方に喜んでいただき、兄も本望だったと思います。残念ながら学問の道へは進めませんでしたが、充分に孝行を尽くした上、世の片隅に郷土に生きた証《あかし》を残し得たことは、妹ながら立派だったと懐かしみとともに深く尊敬いたしております。

――この文章は、ホームの創設者中村幸藏の妹井上サイ（私の母）が平成十三年（八十七歳）の時書いたものの抜粋です。

（二〇一〇年七月）

雪を払ってあげるこころ

学校へ行こうとランドセルを背負って玄関を出ると、雪がいっぱい積もっていました。その雪は庭の木の葉っぱにもいっぱいかかっていて、どの葉っぱも重そうに垂れていました。私は手で雪を払ってあげました。でも高いところの葉っぱまでは届きませんでした。しかたがないので、私は冷たくなった手に息を吹きかけながら学校へ行きました。

お昼過ぎ授業を終え帰宅した私は、急いで木を見ました。すると暖かい日差しのお陰で葉っぱの雪は全部とけていました。私のしたことは何だったのかなと思ってしまいました。

この話は社会人となったAさんのあどけない昔話である。この話を思い出す度に絡《から》まった毛糸が解《ほぐ》れていくような心地好さを感じる。

幼い頃には誰とはなく持っている自然の営みに敏感で純粋な心も、大人になると消えてしまいがちである。でも心の片隅には残っているに違いない。そうした気持ちを大事にして日々生活していけたらと思っている。ヘルマン・ヘッセ『人は成熟するにつれて若くなる』はお薦めしたい一冊である。

（二〇一一年三月）

傷痍軍人

中学生の頃の話である。グループで山登りしたことをきっかけに、Nさんという女生徒と仲良くなった。彼女は電車通学をしていた。私たちはしばしば駅で待ち合わせ登校した。卒業式を間近に控えたある日の放課後、私たちは一駅離れた本屋さんまで歩いていった。目的の本を買い、しばらくして彼女と別れた。

その後私は電車に乗るために地下道を進んだ。するとき壁際にアコーディオンを弾く傷痍軍人の姿があった。私はポケットの中から十円玉を取り出し、募金箱の中に入れた。帰りの電車賃であり、それはその時持ち合わせていた全財産だった。

私は二人で歩いた道を一人帰った。

若葉の香りを含んだ春風をすがすがしく感じた。その時の情景は十円玉の感触とともに決して忘れられない思い出の一つである。

（二〇一〇年三月）

母のことなど

時の流れ

H先生のこと

生まれたとき、無からスタートした人生も年月を重ねると、おのおの育った環境や境遇によって、一人ひとり様々な思い出を心の中に作り上げることでしょう。

それらが、全て楽しいことだったら良いのですが、なかには、辛く、悲しい思い出も含まれていることと思います。しかし幸か不幸か、悲しい嫌な思い出は、時という歳月の流れが、心の痛みを和らげ、いつのまにか洗い流してくれることもあります。

さて、私が過去を振り返った時、思い出の多くは、なつかしさで満たされています。それは、充分ではないけれど、今までのところまあまあ幸せな人生を送れたからなのだろうと、接点を持った周りの人たちに感謝するばかりです。

二年ほど前、家族で山梨県の昇仙峡に旅行しました。子どもたちもいつか、家庭を離れ独立していくことでしょう。彼らが何十年かのち人生を振り返る歳《とし》になった時、家族で旅行したことがなつかしい思い出になればと考えたからです。

娘も二十歳《はたち》を過ぎ、わが家を離れるのもそう遠い先のことではなさそうです。息子も高校生、また私にいつ何があるか分かりません。家族で一緒に旅行する機会も、今回が最後のように思えました。

私自身、小学生の頃、両親に連れられ同じ地を訪ねたことがありました。今回の旅行に出かける前、記憶を蘇らせようと、部屋の隅に追いやられていたアルバムから当時の写真を拾い出しました。

そして現実に目にした昇仙峡は、昔のままでした。川の流れを見下ろすようにそびえる岩壁、しぶきをあげる流れの中に居座る大石、四十年ぶりに見た景観は何一つ変わっていませんでした。

自然にとっての四十年は、私たち人間が考えるより、比較にならないほど短いものなのでしょう。

たくさんの旅行者がいました。私もその一員となり、流れにまかせて遊歩道を歩き続けました。口には出しませんでしたが、子どもたちがいつの日か、今の私と同じ気持ちで自分たちの子どもと家族旅行してくれればいいなと思いながら。

小学校の頃を振り返ったとき、三、四年の担任となられた若くて美しいH先生のことが真っ先に思い出されます。

H先生はその一年前、大学を卒業され、私たちの隣の学校に赴任されました。そこですぐに、同僚の先生と結婚され、夫婦で同じ職場にいる訳にはいかなかったのでしょう、私たちの学校に転任されてきました。

H先生は、生徒と接する時間を大切にされ、少しでも一緒の時間を長く持とうと、お昼には教壇に座り、私たちとともに給食をとられました。

群馬県の山間で育った先生は、食事をしながら自分が育った頃の山での生活ぶりや、澄み切った空に広がる星の美しさなど、いろいろなことを目を輝かせながら話してくださいました。海辺近くに住む私たちには、そうした話がとても新鮮でした。山の生活を知らない私たちの疑問にも、にこやかな顔で答えてくれました。

星の好きだった先生の影響で、私も月食や青白い光を放つシリウスの動きを徹夜で観察したものでした。

先生は生徒を信頼してくださいました。

時折、小テストを行いましたが、採点は各自一人ひとりにまかせ、点数だけを報告させることもありました。

ある時、その報告を終えたテスト用紙を回収し、先生が付け直したことがありました。すると、何人かの生徒が偽りの報告をしているのが分かってしまいました。

先生は、

「どうして人の信頼を裏切るようなことをするのですか。わたしは、あなたがたを信じているのですよ」

と目を真っ赤にして、泣きながら訴えました。

私たちは、黙ってうつむくだけでしたが、「人を信じることと、人に信頼されること」が生きていく上で、どんなに大事かということを、この時教えられた気がします。

その先生に、一度ひどくしかられたことがあります。私としては、そんなに悪いことをしたつもりがないのにです。

当時、トイレは渡り廊下でつながれた別棟にありました。実にくだらない話ですが、私はその別棟を、上履《うわば》きのまま地面にふれず、壁にはりつきながら一周しようとしました。それを見ていた先生のしかりかたは、日ごろの先生からは想像できないものでした。

私は、ただ黙って納得のいかないまま先生の注意を聞いていました。先生が怒った理由に気づいたのは、それから何年かあとのことでした。先生は、多分、私が女子トイレを覗き見していると勘違いされたのでした。

今から十年ほど前、先生のお宅を訪ねたことがありました。しかられたことが心の片隅にあった私は、当時の話をしました。黙って聞いていた先生は、私の話が終わると、

「そうですか、分かりました。子どもをしかる時、大人の観点からだけで判断しては間違えてしまうこともあるのですね」

と言ってくださいました。

私が中学二年の頃、H先生は突然教師をやめ家庭に入ってしまいました。

「あんなにいい先生が、どうして辞められたのだろう?」と不思議に思いました。しばらくして、どこからともなく、辞めた理由が伝わってきました。それはおおよそ次のような内容でした。

「私は、生徒を自分の子どものように愛し全愛情を注いで接してきたつもりでした。しかし、自分に子どもができてみると我が子はとてもかわいい。我が子に対する愛情を考えると、今まで生徒に注いだ愛情に疑問を感じるようになりました。一〇〇パーセントの愛情を注げないと分かったので辞めることとしました」

当時先生は、大学を出てまもない大変若い方でした。女性教師は皆こうあるべきだとは思いません。教師という職業を選んだ人の一つの価値観であり、実際に教師をしておられる方からは、反論もあることと思います。ほかにも立派な考えを持って教えていられる方がたくさんいらっしゃると思います。

しかし、私にとっては、学校教育のなかで、H先生から受けた愛情がいつまでも忘れられませんし、ほかの先生からは得ることのできないものでした。

一人ひとり心のなかには、生きてきた過程でたくさんの思い出があることでしょう。そうした思い出が積み重なって今の私たちがあります。そして、思い出の延長上に老後の生活があります。

もし今、実りある楽しいひと時を過ごせたなら、それらは、何十年か先の楽しい思い出となり、精神的に豊かな老後をおくるために役立つことでしょう。

とても難しいことですが、楽しく老後を過ごすためにも、充実した日々を送ることができたらと願っています。

初　恋

中学校に入ってまもなく、だれが言い出したのか忘れましたが、男女各三人のグループで丹沢の大山《おおやま》に登山計画がたてられました。

小田急線の秦野《はだの》で降り、大山を目指して歩いていきました。途中畑の端にパンジーの花を見つけ、「まだ、こんな時期まで咲いているんだ」と驚いた記憶がありますから、多分五月の中旬か、下旬のことだったと思います。

S君の指揮のもと、何回か休憩を取りながら頂上を目指しました。体力のつき始めた頃のことなので、それほど苦にならなかったと思います。

何を話しながら登ったのか、まるで覚えていませんが、九合目ぐらいまでは、仲良く登っていきました。しかし、頂上が間近になってくると、男三人は女性グループをおいて、我先にと駆け上がってしまいました。

リュックを降ろした私は、いま登った道を戻り三人をみつけました。そして、一番疲れていそうなNさん一人の荷物を持ってあげたので、後の二人からは、「ずるーい。一人だけ助けて」と非難を浴びてしまいました。

今思い返すと、Nさんが一番かわいかったのだと思います。登山の記憶は、山から降り

郵便はがき

料金受取人払郵便

新宿支店承認

8143

差出有効期間
平成25年11月
30日まで
(切手不要)

1 6 0 - 8 7 9 1

8 4 3

東京都新宿区新宿1－10－1

(株)文芸社

愛読者カード係 行

ふりがな お名前				明治 大正 昭和 平成 年生 歳	
ふりがな ご住所	□□□-□□□□			性別 男・女	
お電話 番 号	(書籍ご注文の際に必要です)	ご職業			
E-mail					
書 名					
お買上 書 店	都道 府県 市区 郡	書店名		書店	
		ご購入日	年 月 日		

本書をお買い求めになった動機は?

1. 書店店頭で見て　2. 知人にすすめられて　3. ホームページを見て

4. 広告、記事(新聞、雑誌、ポスター等)を見て (新聞、雑誌名

上の質問に 1. と答えられた方でご購入の決め手となったのは?

1. タイトル　2. 著者　3. 内容　4. カバーデザイン　5. 帯　6. その他(

ご購読雑誌(複数可)	ご購読新聞 新聞

文芸社の本をお買い求めいただき誠にありがとうございます。
この愛読者カードは今後の小社出版の企画等に役立たせていただきます。

本書についてのご意見、ご感想をお聞かせください。
①内容について

②カバー、タイトル、帯について

弊社、及び弊社刊行物に対するご意見、ご感想をお聞かせください。

最近読んでおもしろかった本やこれから読んでみたい本をお教えください。

今後、とりあげてほしいテーマや最近興味を持ったニュースをお教えください。

ご自分の研究成果や経験、お考え等を出版してみたいというお気持ちはありますか。

ある　　ない　　内容・テーマ（　　　　　　　　）

出版についてのご相談（ご質問等）を希望されますか。

する　　しない

ご協力ありがとうございました。
※お寄せいただいたご意見、ご感想は新聞広告等で匿名にて使わせていただくことがあります。
※お客様の個人情報は、小社からの連絡のみに使用します。社外に提供することは一切ありません。

■書籍のご注文は、お近くの書店または、ブックサービス（0120-29-9625）、セブンネットショッピング（http://www.7netshopping.jp/）にお申し込み下さい。

て帰りがけに飲んだサイダーがおいしかったことぐらいしか覚えていません。

実現はしませんでしたが、泊まりがけの旅行も計画しました。その頃は、青少年を対象とした宿泊施設として、ユースホステルがありました。

私たちが市役所に相談に行った時、応対した三十五、六歳の女性職員が、「へー、時代が変わったのね」とびっくりしていました。戦前の教育から戦後の民主教育に切り替わった昭和三十二、三年頃の話です。

Nさんとは、荷物を持ってあげたのが良かったのか、大山登山をきっかけに仲良くなりました。わたしは、自宅から歩いて通っていましたが、Nさんは、電車通学をしていました。登山から一ヶ月もしないうちに、二人は駅で待ち合わせ、一緒に学校に行くようになりました。

ある時、Nさんが参考書を買いたいというので、ひと駅離れた本屋さんまで、歩いて行きました。そして、本を買い終えたNさんと別れ、電車で帰ろうと、駅に着いた時、ガード下に傷痍軍人を目にしました（終戦後、戦争で負傷した人が、募金箱を前に置き、アコーディオンを弾きながら物乞いをしていました）。

私はかわいそうに思い、めぐんであげようと、ポケットに手を入れましたが、帰りの電車賃しかありませんでした。私は、その全財産を彼の募金箱に入れ、二人で歩いた道をすがすがしい気持ちで一人帰りました。

それからも二人は、同じテニス部に属していたこともあり、良い関係が続きましたが、別々の高校になってしまったこともあって、いつとはなしに縁遠くなってしまいました。

その後、Nさんとは、私が大学を卒業した頃、あのひと駅離れた駅で偶然出会い、一度お茶を飲んだきりになりました。

なす

新興住宅地といわれた当地に移り住んだのは、今から二十五年ほど前のことだった。約六十坪ほどの敷地に家を建てると、庭はほんの限られた狭いものになってしまった。その庭には、紫陽花が二本のほか、椿と青木といった少しばかりの木々を植えたが、後は雑草が占拠していた。

今年初夏の頃、たまたま近所の植木屋さんと懇意になり、庭の手入れをした。すると少しばかりスペースができ、そこに野菜を植えてみたくなった。狭い庭だが、なす、トマト、ピーマン、三つ葉、ししとう、そしてパセリを近くの園芸店で買い求めた。なすは三苗買った。

この地は山林を切り開いて造成した住宅地であったので、土質は粘土層で造園にはむいていなかった。友人の植木屋さんにも、「腐葉土を何袋か加えないと無理かも」と言われた。本来なら土質の改良といった準備をしてから植えればよかったのだが、手入れをしたのが、五月半ばであったこともあり、「今年は予行演習でいいかな」という気軽な気持ちで植えてみることにした。それからは毎日毎日、苗の成長が楽しみであった。朝起きると真っ先に庭にでてなすやトマトの苗を眺めるのが日課となった。

三ヶ月経った八月になると、それぞれ実をつけ始め、三つ葉やパセリの葉も食卓の惣菜の片隅を飾る一品となった。トマトは二十個ほど実をつけてくれた。五、六個を家族で口にした。

残りのトマトも日に日に色づき、その成長を楽しみにしていた。しかしたまたま見舞った台風のせいで、残念ながら折れてしまった。水分の経路を失ったトマトの葉は半日もしないうちに萎《しお》れてしまった。しかし十一月になった今もししとうとピーマンはたくさん実をつけ、折々の酒の肴《さかな》として重宝させてもらっている。

一方、三本のなすの苗は、等間隔に同じ条件で植えたが、その成長には大きな差があった。日当たりにも大きな差はなかったが、一本だけとりわけ成長が遅かった。そして七月の半ば、ある朝起きてみると、一番成長していた一本の葉がこわばって、変色し始めていた。病気を疑った私は、あわてて植木屋さんに意見を求めた。

彼は、「うーん。これは病気ではないですね。肥料のやりすぎですよ。肥料をやりすぎると根が焼けてしまうことがあるんですよ」と答えた。この時を境にして、三本のなすの成長具合はがらっと変わってしまった。今まで一番実のなっていたなすはすっかり枝の勢いをにぶらせてしまった。逆に一番劣等生だった一本が、過剰な肥料に耐え、たくましく育ち十月半ばまで我が家の食卓に貢献してくれることとなった。

さて、この地は大手不動産会社が造成しただけのことはあって、綺麗に区画整理された中に家々が立ち並んでいる。しかし、バブルの後遺症だろうか、今でも少しばかり空き地が残り、その地には色々な野菜が植えられている。

以前はそうした野菜をただなんとなく見過ごしていたが、今年はなにかと気にかかった。知らず知らず我が家の野菜の成長具合と見比べていた。ある日、よそのなすと成長の差を感じた私は、追肥をした。それが二本のなすを枯らすことになってしまったのである。

十一月を迎えると、どこを捜してもトマトや野菜の姿はなかった。たまに目にしたとしても、それらは畑の片隅に積まれていた。そして我が家のなすもこの時期を迎えると、さすがに実はならなくなった。夏の頃には、生き生きとした緑の葉を精いっぱい広げ、エネルギーあふれる姿であったが、勢いをなくした葉は茶褐色に変わり、その終わりを土と相談しているように見えた。

そのなすの枝や葉をながめていると、もう抜くべきなのか迷ってしまった。役目を終えた庭のなすは抜くべきなのだろう。でも、いまだに小さいながらも、弱々しいとはいえ、新芽はでている。深紫色の新芽は、相変わらず、日の光を求めて上に伸びている。私はそこに生命の畏敬というか、なんとしても生き続けたいといった執着心を感じた。もしこの苗の枝に寒さがあたらないように、なんらかの手立てをしたら、たとえ実はならなくても、まだまだ寿命を保ちそうに思えた。

「過酷な境遇に耐え、たくさんの実を食べさせてくれてありがとう。あなたの役目は終わりましたよ。もうがんばらないで良いですよ」

というのが優しさかもしれない。そのままにしておくことも考えられる。あるいは沢山の実を提供してくれた今までの行為に感謝し、寒さを防いであげ、最後まで生きようとする姿勢を手助けするといった考え方もある。それぞれに理屈があり、どれが正しいとか間違っているとかは言えない気がした。

私はこのなすを見ているうちに、いつしか人間の一生を思い浮かべてしまった。年老いて人生の終着駅に近づいた人に対して周りの家族たちの考え方は様々である。

ソフトランディングといった安らかな死を望む家族。そうは言いながらも苦しむ姿を目の前にすると、少しでも医療の力を借りたいと思う家族。あるいは最初からできる限り延命を図りたいといった家族。そして同じ家族であっても、死を迎えようとしている人とのそれまでの接し方や、死に対する考え方によって違いがあるだろう。

ましてや施設や病院といった第三者機関が入ると余計複雑となる。

正解がないなかで、正解を求める難しさ、しかも人間の死という一番大事な問題がからんでいるだけに、その合意には時間を要する。法律と制度と感情のなかでは、家族ばかりでなく、医療関係者の苦悩も大変深いことだろう。しかし、こうした問題に真剣に悩むことは人間にしかできないことだし、そこに人類が発展してきた理由があるのではないだろうか。

そんな思いをめぐらした後、私は我が家のなすをもうしばらくそのままで抜かないことにした。

宗教と私Ⅰ

私は特定の宗教を信じていません。信じたい気持ちはあるのですが、少しばかり聖書に触れたことがあるだけで他の宗教のことは知らないし、分からないのです。

信じている人からはおしかりを受けそうですが、死んだら霊界にいく、そこでイエス・キリストや仏陀など、いろいろな方にお会いし、自分の目（そのときはもう目はありませんが）でどの宗教が自分に一番あっているか決めようと思っています。ただ現世の続きで来世があればと思っています。思っているというより願っています。そのほうが人生にロマンを感じることができるからです

「すべての人間は生まれながらにして自由であり、平等な尊厳と権利を持つ」

これは、五十年前国連で採択された世界人権宣言です。また日本の憲法でも、基本的人権や、法の下の平等が保障されています。

しかし、こうした宣言や法律があるからと言って、全ての人が平等な人生を送れるかというと、それはとても無理な話です。

もちろん、才能や能力の違い、また本人の気力や努力の違いによって、人生に差がでるのは、当然のことですが、それだけでは、とても説明がつかないほど、人の一生は複雑です。一人ひとりの人生は、健康な体に生まれついたかどうか、不意の事故に出くわすことがあったかなかったか、そのほか育った環境や境遇の違いなどにより、その例をあげたらキリがないほど、多岐にわたっています。

全ての人が幸せを得る権利があるとしたら、来世の存在を考えないとつじつまがあわないのです。それともう一つ、神がいると考えたほうが、少しはきれいな気持ちを持てそうに感じるからです。

R君は大学時代の友人でした。性格はまるで違ったのですが、何か不思議と気があったし、家も近かったのでよく飲みにいったり、遊んだりしました。

その彼が大学を卒業して三年ぐらい経った時、日本では何例もないという難病にかかってしまいました。有名な大学病院に入院し治療にあたりましたが、一進一退を繰り返すばかりで症状の改善はみられませんでした。

R君の家は裕福でしたし医学界にも知り合いが多かったので、アメリカの医学関係者に症状を伝え、治療方法を紹介してもらうなど、八方手をつくしたのですが、とうとう二十

四、五歳の若さで亡くなってしまいました。
私は、R君のご両親とも懇意でしたので、その後も年に一、二回、近くに用ができたときには、花束を持ってお訪ねしました。そして敬虔《けいけん》なクリスチャンのお母様から、聖書の話を教えていただいたりしました。

ある時、「R君が亡くなってしまっておさびしいでしょう」とお尋ねすると、お母様は、「私にはほかに二人の息子がいますが、彼らは仕事や家庭で忙しいでしょ。だから相談ごとは、いつも心の中のRにするんですよ。Rは今でも私の心の中で生きているんです」と話されました。

その時から私は、もしかしたら神は、信じる人の心の中にいるのでは？　と思うようになりました。

ある時、神の存在なんて信じない、という人と席を一緒にしたことがありました。「私も含め、誰一人神を見た人はいない。もし神がいるのなら見せてほしい。この目で見たら信じるけれど」お酒を含んだ彼の口元からこのような言葉がこぼれてきました。

聖書によれば、神は人間と契約をかわしました。

創世記1―28、29には、「産めよ、殖えよ、地に満ちよ。地を支配せよ。そして海の魚、空の鳥、地を這う全ての生きものを従わせよ」「見よ、全地の表にある種を生ずる全ての草、および種を生ずる木の実のなる全ての木を、おまえ達に与える。これらがおまえ達の食料となる」（抜粋）と書かれています。

神は人間が地を支配することを許しました。神は創造主です。その神が人間の前に現れたらどうなるでしょうか。神の威光の前では、人間が地を支配することは不可能です。

ある会社で社長さんが実権を握っているとします。そこへ社長を引退し、一度は退《ひ》いた会長が出てきたらどうなるでしょうか。しかもその会長が全知全能の方だったら。社長が会社経営にあたることは不可能な気がします。

神がこの地に現れて直接支配しないからこそ、私たちは、一人ひとりの足りない分、知恵を集めあって暮らすようにしてきました。その一つの例が民主主義です。

人間の成長のためにも、神は見えない方が良い気がします。

このような理由から、私は神の存在を信じきっている訳ではありませんが、たとえ存在したとしても、私たちには、見えないものと考えています。

〈神を自分の目で見なければ信じない〉という人に問いかけたいことがあります。

「では、あなたは、他人を信じたことがありませんか？　他人がどのように考えているか、心の中は見えないでしょう」と。

〈自分の見たものしか信じない〉それも一つの価値観でしょうが、私には、このうえなくさびしい、ロマンのない人生に思えてしかたがありません。


「私が困った時、お祈りしたけど、神様は私の願いを聞いてくれなかった。だから神様なんて信じない」こんな話も耳にすることがあります。

私も昔よくお祈りしたことがあります。

「神様、どうか私の願いをかなえてください。もしかなえてくださったら、あなたのことを信じます」

今思えば、とても虫のいい話ですが、当時はそれなりに真剣でした。神は試してはいけない存在であるといわれます。

私が考えるのに、神様は悪いことに手をかしません。また物質的なものを求めてもやはり無理です。神は、神を愛そうとする人間に精神的やすらぎを与えてくれるのであり、これもまた目に見えないものです
日本人は、仏教的発想に基づくせいでしょうか、神様というと、慈悲の心を持った優し

い方と思いがちですが、旧約聖書の神は、神との契約に反する人間には怖い存在です。

ノアの箱舟で有名な大洪水を起こしましたし、裏切りの町ソドムも焼き尽くしてしまいました。〈モーゼの十戒〉でよく知られる「出エジプト記」でも、偶像を信じる他の部族を攻撃するのに力を授けました。

日ごろ、思いのままにならない子どもに苛立ちを覚える時があります。神が人間の創造主なら、神を信じないで偶像を信じる人間を攻撃するのも当然かも知れません。

実際、紀元前、旧約聖書のみが教典とされた時代には、神との契約、律法が重んじられましたし、いまでもユダヤ教はその流れを大事にしています。調べたわけではないので、真偽のほどは分かりませんが、ユダヤ教ではキリスト教と同様に日曜日を安息日として、仕事をしてはいけない日と定めています。

そこで、日曜日に家のなかの荷物を動かすのも仕事になってしまうだろうかと彼らは考えます。そこで動かす荷物の重さで、仕事に該当するか、しないか決めるとのことです。

旧約聖書は、紀元前千年~紀元前二、三百年にかけて、複数の人によりヘブライ語で書かれた書物です。中東の古代文化圏の中でヘブライ人は、社会の最下層に属していました。

支配階級の人々が、多くの偶像に仕えたのに対し、貧しいヘブライ人が、ただ一つの神を信じ、倫理思想を作り上げていったのが、キリスト教ではないかと思います。

そして最古の部分として有名な天地創造のあたりは、口碑《こうひ》伝承された話を文書化したもので、バビロニア神話とも類似点があります。

一方、新約聖書は、イエス・キリストの死後、百数十年の間に弟子たちによりギリシャ語で書かれた書物です。

イエス・キリストを神と信じるか否かは別として、紀元前四年~紀元二八年ごろの秋に生まれた実在する方です。ですから十二月二十五日はイエス様の誕生日ではありません。その日はローマの冬至《とうじ》の日で、その日をさかいに太陽の恵みが長くなることから、イエス・キリストの生誕を祝う日としたのだそうです。

一粒の麦、死なずばただの麦である。もし死なば多くの実を結ぶであろう。

という言葉があります。

旧約聖書の時代は、ヘブライ人を対象とした一文化圏の宗教だったのですが、イエス・キリストが人間の罪を背負って十字架にかけられ、一粒の麦のごとく死んだことにより、全世界に受け入れられる宗教となったと思います。

旧約聖書を読む時、戒律のきびしさ、神の偉大さを感じたのに比べ、新約聖書を読むと、イエス・キリストのやさしさを感じます。

もし仮に、イエス・キリストが人間だったとしたら、これほど多くの人々に影響を与えた人はいないし、またこんなすばらしい人は二度と現れないでしょう。

そして驚くことは、旧約、新約両者の話の一貫性です。多くの解説書でも触れていますが、旧約の予言者の言葉がことごとくイエス・キリストの行動で成就されています。両者の隔たりは長いもので二千年、短いものでも三百年あります。当時はコンピューターなどもちろんありませんでした。両者の話の整合性には、本当に驚かされてしまいます。

ただ、終末論の個所に少し気になるところがあります。

聖書のなかに「世の終わりが近づくと我が名を語る偽者が現れるから、気をつけなさい」と書かれている部分があります。世間を騒がせた統一教会や、オウム真理教はどうなのでしょうか。これからも、様々な偽者がほかにも出てくることでしょう。宗教の魅力に惹かれる人の多くは純粋な心の持ち主と思いますので、是非気をつけたいものです。

私の考える真の宗教は次のとおりです。

一、真の宗教は、ご利益誘導的なことをしません。——宗教の価値は、物質的、肉体的ではなく、精神的満足を与えるためにあると考えるから。

二、真の宗教は、むやみにお金を要求しません。——神の世界では、お金は全く意味のないものですから。

三、真の宗教は、求めるものの解釈を束縛しません。——教えを伝えるのは、神自身ではないから。

日本人は、本の好きな民族なのでしょうか、毎朝、新聞を開くと、一面から五面ぐらいまでの下段には、新刊書籍の広告がたくさん載っています。その中には、ベストセラーとなって、多くの人々の注目を集める本もあります。しかしそれらの大半は一年もしないうちに、店頭からも、人々の記憶からも消えてしまいます。それに比べ聖書は、二千年という長い間、全世界の人に読み継がれている永遠のベストセラーです。

人間として生まれ、本を読むのが苦痛でなかったら、死ぬまでに一度ぐらい手にしてみても良いのではないでしょうか。

聖書を宗教の教典と考えると抵抗があるかも知れません。しかし、旧約聖書には、神話の話も含まれていますし、美しい詩もたくさん収められています。宗教心を離れて読むのも意義あることと思います。

最近、病気ではないけど健康でないと感じる人が多いそうです。そうした人たちは、ダイエットに励んだり、スポーツジムにかようなど、健康に気を配っているようです。女性が、顔や体の美しさを求めるのも当然のことで、心理としてもよく分かります。しかし、男女を問わず、もう少し、心の健康にお金と時間をかけてもいいような気がします。

新約聖書に出てくるイエス・キリストの説く人類愛は、今でも通用する話です。逆に今だから必要な話かも知れません。

新約聖書もまた、宗教心を離れて読んでも意義ある本だと思います。

最初に述べたように、私は教会に行ったこともないし、クリスチャンではありません。しかし、R君のお母様が亡くなられた子どもを心の中に感じるように、私自身、神を心に感じることができたら、もう少し精神的に豊かな生活が送れるような気がします。

神は多分きれいなところを好むと思います。心をきれいにしていなくては、神様にいてもらえないことでしょう。

宗教と私Ⅱ

聖書が宗教心を離れても読む価値があるからでしょうか、前にも書いたように、人類愛や倫理観を説く聖書は、人類史上最も多くの人に読まれた書物で、永遠のベストセラーです。

このことは、私にこの上ない安心感を与えてくれます。

イエスの説く人類愛、倫理観を受け入れ、共鳴し、自らの人生に取り入れようとする人々が、私だけでなく、それだけたくさんいることを示すからです。

ただ、だらしないのは、自分だけでないと、妙な安心感を得ることができるということです。

数多くあるすばらしい文書のなかから、私の好きな一節を取り出しました。

こころの貧しい人たちは、さいわいである。

天国は彼等のものである。

悲しんでいる人たちは、さいわいである。

彼等は、慰められるであろう。
柔和な人たちは、さいわいである。
彼等は地を受け継ぐであろう。
義に飢えかわいている人たちは、さいわいである。
彼等は飽き足りるようになるであろう。
あわれみ深い人たちは、さいわいである。
彼等はあわれみを受けるであろう。
心の清い人たちは、さいわいである。
彼等は、神を見るであろう。
平和をつくり出す人たちは、さいわいである。
彼等は、神の子と呼ばれるであろう。
義のために迫害されてきた人たちは、さいわいである。
天国は彼等のものだから。
（マタイ伝第五章）

最初の「こころの貧しい人……」は、疑問に感じるかも知れません。しかしこれは、旧約の詩篇34―18「主は心の砕けたものに近く、たましいの悔いくずおれたものを救われる」

を読むと意味が通じてくると思います。

私は四十年前、親鸞の言行《げんこう》を記した『歎異抄』の一節「善人なおもて往生をとぐ、いわんや悪人をや」の意味を確かめたくて、お坊さんに尋ねたことがありました。するると、「馬鹿な子ほどかわいいというでしょ。仏様にとっても悪人の方に、なんとか助けてあげたいという慈悲の心が向かうのですよ」と教えてくれました。

当時私は二十五歳、仏教のことをほとんど知らない若者のレベルに合わせて分かりやすく言葉をくだいて話してくださったことと思います。

親鸞が聖書を読んでいたとは思えません。しかし両者の説くところは、このうえなく似ているように思えて私には大きな驚きでした。

いくつかの聖書の解説書も、お坊さんと同じような内容でした。私もそうした解釈が好きですが、私なりに次のようにも考えています。それがイエス・キリストが説こうとしたことと同じかは分かりませんが。

社会的地位やお金に恵まれると、謙虚さに欠けてしまいがちです。また多くの友人と称する人たちが取り囲み、その中から真の友人を見つけるのはとてもむずかしいことです。そして能力や才能に恵まれた人は、社会に役立つよう努めなければなりません。

必要以上の蓄財は、貧しい人たちのために施さなければなりません。それらが聖書の説く天国への道です。しかし、社会のために純粋な気持ちでお金を使える人が何人いるでしょうか。

地位もお金もない私は、その点に関してはさいわいです。

宗教は、女性の使う化粧品と似通ったところがあります。たくさんの宗教があるように、化粧品もまたたくさんあります。全然使わない人もいますし、自分の肌に合った化粧品を探し求める人もいます。そして、自分の気に入った化粧品に出会うと、友達に、「ねえ、これとてもいいから、あなたも使いなさいよ」と薦める人がいますが、友達にとっては、ありがた迷惑な場合がありますす

宗教も、必要なければ信じないでいいし、もし必要なら、他人（家族や子どもを含め）の生きる権利を尊重し、精神的満足を得られるものの中から、自分の感性にあったのを選べば良いと思います。

あくまで自分だけのこととし、他人に強制すべきものではありません。ただ、お手入れをしないと、肌の老化を早め汚くなってしまうように、心も手入れをしないと、様々な誘

惑に負け、汚くなってしまいがちです。そして本人には、その汚さが分からないものです。

「私は皆と同じように何も知らない。ただ違うのは、自分が知らないということを知っていることだ」ソクラテスの言葉です。

「この世の中で、よく分からないことは、よく分かることだ」アインシュタインの言葉です。

どちらも、世界の第一人者の言葉です。何事につけ、真理を追究していくと、人間の無力さ、不完全さに気づくのではないでしょうか。

あるクリスチャンの方は、「マタイ伝第五章は、へりくだる気持ちが大事だと教えているのです」と語っていました。

私も謙虚な気持ちを大切にして、〈人間には何が必要か〉を考え続けていきたいと思います。

母の通夜にあたって

昨年（二〇〇四年）八月、母は脳梗塞で倒れました。梗塞は広範囲に及び、たとえ命はとりとめたとしても、今までのような生活を送ることは不可能とのことでした。

母は健常な時、遺言を書いていました。その遺言によれば人工呼吸器などの生命維持は行わないこと、常食がとれないからといってミキサー食は用意しないこと、などが書かれていました。

クリスチャンの母は、永遠の命を信じ、天に召される日を待ち望んでいました。私たち子ども四人は、母の今後について話し合いましたが、意見は一つになりませんでした。いずれも「どうすることが母にとって幸せなのか」と、求めるものは同じでしたが、それぞれに思いは違いました。

私も悩みました。悩んだ私は尊敬するクリスチャンのご婦人の家を訪問し尋ねました。

私の話を聞き終えたご婦人は、

「神様の声を聞きなさい。神様は寛容だし、慈悲深い方です。

もし神様の声だと思ってしたことが、たとえ間違っていても、神様は許してくださるし、最初間違っていると思えても最後には正しい方向に導いてくださいます。

悩みを抱えた人間にとって神様に身をゆだねることはとっても楽なことですよ」

とこんなふうに答えてくださいました。

神の存在を信じながらも、クリスチャンでない私にとって神の声を心に聞くことは難しいことでしたが、私は神様にお願いすることにしました。

「神様、母が一日も早く天に召されることを望んでいるのは知っています。その願いを姉たちも早くかなえてあげたいと思っています。

でも私にもう少しだけ親孝行させてほしいのです。母は私と一緒に暮らすことを望んでいました。しかし事情があってその願いをかなえてあげることはできませんでした。幸いにも私は老人ホームを経営しております。そこでなら母を看ることができます。少しの間だけで結構です。是非私に親孝行の時間をください」

この願いを神様が聞いてくれたのでしょうか。最初私の意見に反対していた姉たちの承諾を得ることができました。

私はそのときもう一つ神様にお願いしました。

「神様、もし母がターミナルを迎えたらなるべく早くお迎えにきてください。ターミナルケアに入ったとき、点滴だけで何日も生きる母を見るのは私には耐えられません。食事を取ることもできず、日一日と衰えていく母を見ていくのはとても悲しいのです」

今年、母は誤嚥《ごえん》から肺炎をおこし、わずか二日で亡くなってしまいました。肺炎ですから苦しみもあったことでしょう。でも母はその半日前に見舞いに来た孫にも精いっぱいの笑顔をみせていましたし、最後まで意識を失うこともありませんでした。

肺炎をおこさせてしまった、臨終にあたって苦しみを与えてしまったなど、すべて私の注意不足や知識の欠如が原因ですが、今、私は神様が私の願いを聞いてくれたと心の底から信じています。

母の葬儀を終えて

母、井上サイの葬儀を終えた今、私の心情を少し語りたいと思います。

元来、私は人間の一生を三百万年に及ぶ長い人類の歴史といったレールの上を走る駅伝のランナーのように考えています。この世に生まれた人は、親や社会から様々な恩恵を受けて成長します。そして成長した暁にはそれらを次世代の成長のためにお返しする。こうした何代にもわたる繰り返しによって今の私たちがあります。

私が母から受けた愛情や教えてもらったこと、それらを子や孫たちに伝えていくこと、そうすることが、母から受けた愛情に応えることであり、母にとってもうれしいことだと思います。もしこうした形で母の人となりを伝えることができたなら、母は天国のみならず地上においても永遠の命を得たといえるのではないでしょうか。

アナン第七代国連事務総長の国、ガーナでは、「お年寄りが亡くなると図書館が一つなくなる」といった諺があるそうです。母を失った今、私にとってもまさしく大事な図書館を一つなくした思いがいたします。

母は大正三年の生まれですが、当時としては恵まれた環境に育ちました。しかし終戦直後はかなり厳しい生活を余儀なくされたようです。

ある日の母と私との語らいの中で、「満員電車の中の隣の人が持っているサンドイッチがうらやましくてしかたなかった。死ぬまでに一度で良いから食べてみたいと思った」と述懐したことが思い出されます。

結婚生活においても平穏な日ばかりではなかったようです。苦悩のため眠れぬ日々が続き睡眠薬に頼る日も多かったとのことです。そうした苦悩から逃れるかのように、「短歌」や「書道」に没頭しました。しかし、どんなに熱中しても心の平安は得られなかったそうです。

そして最後にたどり着いたのがキリスト教でした。入信当時は、「牧師様は原罪を言うけど、私は悪いことなど何もしていない。どうして私に罪があると言うのだろうか?」と牧師さんの言うことが理解できなかったそうです。

その母も、持ち前の生真面目さからその後熱心にキリスト教の教えに親しみ、そして励み、天国に召される日を待ち望むように自らを高めていきました。晩年の母は、「聖書には一つの無駄もなければ、嘘も書いてない」「主は信じる者に最善をなされる」「主は大きな計画をもって事を成就なされる」といったことをよく話していました。

このように考えると、若いころ母が味わった苦悩も、神が母を天国に導くための業《わざ》であったようにも思えてきます。

日ごろ、困りごとがあると、「お母さん、神様にお祈りしておいて」と都合の良いお願いをしたこともしばしばありました。自分は信者ではありませんが、心のどこかで私もまた神の存在を信じての行為であったと思います。

これからは母との関係も形を変えます。今までは時と場所を共有する関係でしたが、今後は天国に住む母と新たな関係を築かなければなりません。

私が心を開けばいつでも母は私の心の中に来てくれることでしょう。その母と語らうには共通言語が必要になってきそうな気がいたします。その共通言語は、多分聖書の中にあることでしょう。

最後に、母の作った数多い短歌の中から、私の心に残る作品を一つ紹介します。


一人蒔き一人眺めし朝顔の花の終わりを今日は束ねん

これは、藤沢の自宅でたった一人で過ごした晩年の作品です。母がどのような気持ちでこの歌を詠んだか私には分かりません。

しかし私なりに、この歌からその時の母の心情がよく読み取れますし、その心情を慮《おもんぱか》ると母への思いが四方八方へと広がっていきます。

あとがき

特別養護老人ホームの理事長に就任したのは、四十七歳の時だった。そして十七年間経過した今、私の高齢者に対する見方は大きく変わってきた。当初、ホームの利用者と接しても、自分とは別世界の存在に映った。それが五十五、六歳を過ぎた頃からだろうか、歳を重ねるごとに身近な存在になってきた。それぞれの人の姿に自分の将来の姿を置き換えるようになってきた。

そして平成十六年十月、理事長の職務に加え施設長を兼務してから、ホームの機関誌に毎月四百字程度の短文を載せることとなった。

もとより才能がある訳ではないので、きわめて短い文章とはいえ、毎月原稿の締め切りに追われる苦しみを味わってきた。

実を言うと、本文にも書いたように短歌を詠むことを趣味とした母も作品集を三冊出版している。そのページをめくっていくと、心の深層に眠っている母の姿が鮮明に浮かんでくる。私自身人生の晩年を迎え、若い当時思い浮かばなかった母の心情を読みとれる歳になったのかと思うと、ようやく母に近づくことができたかなと感傷的な気持ちにすらなってしまう。

　そして、自分も母にあやかって、自らの人生の軌跡を少しだけ残してみたいと思うようになった。

　この作品集出版の経緯は、以上のとおりだが、月々の短文に加え、以前に書いたいくつかのエッセイも掲載することとした。

　とても皆様の批判に堪えられるものでないことは、十分承知しているが、老いを迎えようとしている男の気儘《きまま》と受容していただければありがたいし、また老人福祉の現場に働く人間の思いを作品の中から感じ取っていただければ、このうえなく嬉しいことである。

二〇一一年秋

井上　節

著者プロフィール
井上 節（いのうえ せつ）
1947年5月5日、神奈川県に生まれる。
1971年、慶応義塾大学経済学部卒業。
1994年、社会福祉法人 寿幸会理事長に就任。2004年、同法人 施設長兼務（現在にいたる）。
社会福祉士、精神保健福祉士、介護支援専門員
アルファ医療福祉専門学校非常勤講師、相模原市高齢者福祉施設協議会理事（副会長）、相模原市社会福祉協議会評議員、相模原市介護認定審査会委員

老人ホームの窓辺から 折々の記

2012年2月15日 初版第1刷発行

著 者 井上 節
発行者 瓜谷 綱延
発行所 株式会社文芸社
〒160-0022 東京都新宿区新宿1－10－1
電話 03-5369-3060（編集）
03-5369-2299（販売）

印刷所 図書印刷株式会社

ISBN978-4-286-11430-9